3/22

LA RITOURNELLE

DE LA MÊME AUTEURE

Mémé dans les orties, Michel Lafon, 2015 ; LGF, 2016.

Nos adorables belles-filles, Michel Lafon, 2016 ; rebaptisé *En voiture Simone*, LGF, 2017.

Minute, papillon, Mazarine Fayard, 2017 ; LGF, 2018.

Au petit bonheur la chance, Mazarine Fayard, 2018 ; LGF, 2019.

La Cerise sur le gâteau, Mazarine Fayard, 2019 ; LGF, 2020.

Né sous une bonne étoile, Mazarine Fayard, 2020 ; LGF, 2021.

Le Tourbillon de la vie, Fayard, 2021 ; LGF, 2022.

Aurélie Valognes

La Ritournelle

Fayard

Couverture :
Conception graphique : © Augustin Manaranche
ISBN : 978-2-21372-054-8

© Librairie Arthème Fayard, 2022.
Dépôt légal : mars 2022.

« *Il y a un temps pour prendre ses aises et un temps pour prendre sur soi.* »

Thérèse, *Le Père Noël est une ordure*

1

7 h 12

Noël commençait mal : le sapin penchait.
Anne en était à cette constatation, plantée dans son salon, en pyjama, les yeux tirés et la mine défaite, lorsque le téléphone retentit. Elle se précipita sur le combiné. Une seule personne au monde était assez malpolie pour ne pas avoir peur de réveiller toute une famille.
– Ma chérie, pour ce soir…
Nadine, sa mère.
– Oui, Maman… dit Anne, levant les yeux au ciel et se massant les tempes.
Elle s'était levée avec un mal de cheveux. Comme un avant-goût de la soirée qui s'annonçait.
– Humm… De quoi parles-tu ?
– N'oublie pas la bûche surtout !
Anne jeta un œil au-dehors. Dans la rue, il faisait encore nuit noire.

La Ritournelle

— Maman, tu sais quelle heure il est ?
— Tu penseras bien à la mettre dans le frigo, continua la voix au bout du fil.

Trop aigu, trop de mots, trop tôt. Le mal de crâne s'intensifia. On devrait interdire toute discussion avant le premier café.

— Et, rappelle-toi de la sortir deux heures avant, pour qu'elle soit à température ambiante. Qu'il ne nous arrive pas les mésaventures de l'année dernière... elle était tellement dure qu'on n'a jamais pu la manger !

Anne aurait pu dire mille choses sur le réveillon précédent, sur les manquements de chacun, mais elle se contenta d'un pacifiste :

— J'avais plutôt prévu de me passer de réveillon cette année.
— De quoi ?
— ... de bûche, cette année !

Un cri siffla à l'autre bout du combiné, lui déclenchant un acouphène. Anne éloigna le téléphone de son oreille :

— Mais enfin ! Tu perds le sens commun, ma chérie ! Un réveillon sans bûche, ce n'est pas un réveillon !

Anne crut entendre « Un réveillon sans embûches, ce n'est pas un réveillon » et esquissa un sourire. Dans leur famille, c'était en effet une certitude. Les disputes faisaient partie de la tradition.

Sa mère continuait de soliloquer :

La Ritournelle

— Quand on invite, on fait les choses bien, Anne Komaneski ! Sinon on n'invite pas. Allez, à tout à l'heure...

Anne sentit ses jambes se dérober. Elle s'appuya contre la table du salon, celle qui servait pour toutes les grandes occasions. Elle débordait de puzzles non finis des enfants, de courriers non triés, de fleurs fanées à sortir de leur vase, fatiguées d'être là et qui n'étaient pas les seules, en cet instant, à avoir besoin de réconfort.

Anne se remit au lit et glissa à l'oreille de son mari :

— Antoine, je t'informe que le réveillon de ce soir est *apparemment* chez nous...

2

8 h 30

Antoine, tout en pyjama trop grand, ourlet défait et taille tombante, s'étira en sortant du lit. Dans la cuisine, Anne était accoudée devant un verre d'eau dans lequel un comprimé effervescent ne se dissolvait pas assez vite. Elle souleva une paupière :
— J'ai un mal de crâne...
— Qu'est-ce t'as dit tout à l'heure, chérie ? Le réveillon est chez nous ? Celui de... ce soir ?
— Yep.
— Et on l'apprend comme ça ? Maintenant ?
— Oui, mais on aurait pu s'en douter...

Au fil de la semaine, sa mère Nadine avait envoyé des messages avec les informations qu'elle jugeait essentielles : le thème vestimentaire, rouge et or ; l'heure, 19 h 30, le menu... Tout y était, sauf le lieu, qui n'était jamais explicite. Anne avait commencé à avoir des

La Ritournelle

doutes en recevant certaines demandes de sa sœur ou de son frère. Elle s'était dit qu'elle attendrait, qu'elle ferait le dos rond jusqu'à confirmation. Et elle venait de l'avoir. Un brin tard.

– On n'avait pas dit l'année dernière que ça serait chacun son tour, désormais ? Que d'autres s'y colleraient et inviteraient tout le monde ?

– Si, on l'avait dit.

Il avait été dit aussi qu'on pouvait faire ça chez l'un, mais que tous les autres apportaient un plat pour soulager l'hôte. Ou encore que l'on pouvait réserver une auberge, y dîner, puis y passer la nuit. On avait dit beaucoup de choses, et pourtant, en fin de compte, c'était encore chez Anne qu'on réveillonnerait.

Comme chaque année.

C'était plus pratique pour tout le monde : une seule personne qui se pliait en quatre, plutôt que dix. La seule qui avait le temps et qui ne savait pas dire non. Ce n'était pas comme si elle avait un métier, Anne, comme si elle avait des enfants en bas âge, Anne, ou un mari, qui aimait plus faire la fête que la préparer.

Elle s'était pourtant promis l'année précédente qu'on ne l'y reprendrait plus. Qu'elle acceptait pour la dernière fois de s'occuper de tout, des cadeaux, des courses, du sapin, de la décoration de la table et de la maison, de la cuisine, du service, à louper toutes les conversations, alors qu'en ce moment elle avait d'autres

La Ritournelle

priorités, d'autres sujets d'inquiétude. Son frère et sa sœur étaient bien assez grands pour prendre le relais, ou pourquoi pas sa mère, puisqu'elle semblait savoir précisément comment réussir un réveillon. Anne s'était fait avoir comme une bleue. Trop bonne, trop…

Pourtant, son appartement de soixante-dix mètres carrés était loin d'être le plus spacieux, comparé à celui de sa mère, de sa tante, ou encore de sa petite sœur Lucie. À chaque réveillon, c'était le même refrain : toute sa famille se plaignait d'être à l'étroit.

Antoine passa devant elle, ouvrit le frigidaire et termina d'un trait le jus de pamplemousse, avant de reposer la bouteille vide dans le frigo.

– Ça commence bien ce réveillon… marmonna-t-il en s'essuyant la commissure des lèvres avec la manche de son pyjama.

– Tu l'as dit. Et il n'est pas 9 heures ! dit Anne en repassant derrière son mari pour jeter la bouteille vide à la poubelle.

Le téléphone sonna à nouveau. Antoine décrocha sans répondre et tendit le combiné à Anne. Au bout du couloir, les enfants se réveillèrent.

– Je parie que c'est ta mère… et tu peux lui dire ce que je pense de ses manières.

Une voix aiguë résonna au bout du fil :

– Oui, Maman…

La Ritournelle

– Bingo, murmura Antoine à l'oreille de son épouse. La sorcière.
– Qu'est-ce qu'il dit ?
– Il t'embrasse.

Antoine se mit alors à genoux, sur le carrelage froid de la cuisine, et pria en regardant le plafond :
– Oh, mon Dieu, faites qu'elle ait la grippe ! Faites qu'elle soit malade à en crever et qu'elle ne vienne pas ce soir.

Anne lui donna un léger coup de pied pour qu'il arrête ses incantations – même avec quarante de fièvre, Nadine serait là pour leur pourrir la soirée –, et l'envoya habiller les garçons. Elle reprit sa conversation, tout en vidant le lave-vaisselle :
– Maman, tu sais que tu as réveillé les enfants…
– Et réveillé Antoine aussi ! hurla son mari depuis l'autre pièce pour être entendu par sa belle-mère.

Il revint dans la cuisine en slip, déposa sa tasse à côté du lave-vaisselle avant de partir vers la chambre, se claquant la fesse d'une main ferme, tout en lançant une œillade mi-ridicule mi-drôle – assurément pas sexy – à sa femme.

Anne attrapa la tasse d'Antoine et la déposa d'un geste agacé dans le panier supérieur de la machine.
– J'aurais préféré ne pas les avoir si tôt dans les pattes, vu tout ce qu'il reste à préparer. Ça va être difficile de les occuper jusqu'à ce soir. Le 24, c'est

La Ritournelle

LA journée de l'année pour eux. Ils essaient d'être les plus sages et patients possible, mais c'est dur. La télé ? Ça ne va pas la tête, ils vont être encore plus excités. Et d'ailleurs, Maman, pourquoi rappelles-tu ?

Depuis la cuisine, Anne jeta un œil attendri à ses trois hommes : Antoine cherchait encore sa deuxième chaussette que ses fils Tom et Léo s'étaient déjà habillés, peignés et lavé les dents tout seuls, malgré leurs 7 et 3 ans respectifs. Ils avaient prévu d'être irréprochables aujourd'hui.

Nadine monologuait dans le téléphone, quand Anne fut interpellée par une phrase :

– Comment ça ? Tu veux passer en avance ? *Sûrement pas pour me donner un coup de main.* Mais, pour quoi faire ? La déco ? Non, merci, surtout ne te donne pas cette peine. C'est notre petit plaisir avec les garçons, on a déjà tout prévu.

Nadine continuait à sortir ses arguments un à un. Anne regardait l'horloge qui tournait.

– Maman, c'est gentil de proposer, mais ça ne sert à rien de... *rajouter du stress au stress.* Non, non, pas la peine d'insister. Tu peux te reposer.

Anne posa le combiné et mit le haut-parleur, le temps de passer l'éponge sur la table.

– Tu rigoles, j'espère, ma fille ? cria Nadine. Me reposer ? Si tu crois que je vais avoir le temps de poser mes fesses une seconde aujourd'hui sur mon canapé,

La Ritournelle

tu te mets le doigt dans l'œil. La carcasse qui me sert de façade ne va pas se ravaler toute seule ! Masque, gommage, sérum, soin, ongles, repassage, shampoing, brushing... Tu verras, ma chérie, quand tu auras mon âge, tout ce que tu devras faire pour avoir l'air un peu présentable. Surtout avec ta peau...
— Allez, à tout à l'heure, Maman.
— J'arrive dès que je suis prête.
— Non ! 19 h 30, s'il te plaît, pas avant. Si on n'a pas fini, on ne sera pas très commodes pour te recevoir...
— Ça ne changera pas de d'habitude... Je plaisante, ma chérie. Allez, à tout à l'heure. Et fais-toi belle surtout !

Anne raccrocha et s'affala sur une chaise. Son comprimé effervescent avait fini de fondre. La journée allait être longue, très longue.

3

9 h 40

Sur la porte du frigo trônait le plan de bataille avec les choses qu'il restait à faire avant l'arrivée des invités. Campée devant, les épaules basses, Anne soupirait.
— On ne va jamais y arriver...
Sur la liste se succédaient une multitude d'impératifs : faire les courses, emballer les derniers cadeaux, nettoyer la maison, décorer le sapin, mettre la table, récupérer les colis à La Poste, préparer le dîner... Une journée ne suffirait jamais à en venir à bout.
Antoine, toujours en slip, mais avec une chaussette à l'autre pied, se resservit un café.
— Eh bien, tu les rappelles et on annule. Tu leur dis d'aller se faire voir...
— J'adorerais, vraiment, mais...
Anne, c'était la gentille, la bonne poire. Elle n'avait jamais su dire non. Ni merde. C'était son défaut. Depuis

La Ritournelle

toute petite, elle se démenait pour faire plaisir à son père, à sa mère, à la terre entière.
– T'en vois un qui puisse être capable de recevoir, comme ça, à la dernière minute ?
– À part nous, tu veux dire ?
Ils réfléchirent à voix haute. Antoine reprit, inspiré :
– Et si on faisait une scission : on annule sous un faux prétexte et on reste pépère tous les quatre ici ce soir ? Comme ça on fête Noël, mais uniquement entre nous !
– Tu parles, ils nous feraient le coup du « Un message ? Je n'ai pas vu... » et débarqueraient quand même ! On n'a pas le choix, on passe en mode « machine de guerre ». On a connu pire, deux accouchements en urgence. À côté de ça, un repas de famille... c'est de la gnognote !

Anne attrapa une feuille et commença à lister.
– Le foie gras, je l'ai déjà. Fait maison, cette année ! Mais il faut acheter : du saumon, des toasts, du vin, un chapon, des pommes dauphine... Quoi d'autre ? La bûche, j'ai failli l'oublier celle-là. Ma mère aurait été contente de pouvoir râler. Ensuite...

Devant l'ampleur de la tâche, Antoine se sentit défaillir. Il se leva vite et dit :
– Ça va aller, ma chérie ! Tu vas y arriver...

Anne l'arrêta net.

La Ritournelle

– Antoine, je te rassure tout de suite, tu ne vas pas rien faire ! Ton soutien, c'est bien, ton aide, c'est mieux !

– J'allais justement te le proposer, se rattrapa-t-il.

– Formidable. Tu te charges des courses !

Antoine déglutit bruyamment devant la liste longue comme le bras qu'Anne lui tendait. Finissant la tablette de chocolat entamée la veille, il marmonna :

– De toute façon, je n'avais aucune préférence...

4

11 h 17

Ce n'était pas qu'Antoine était fâché avec les supermarchés, mais disons que, d'un commun accord avec lui-même, il préférait les éviter. Il y mettait les pieds trois ou quatre fois par an, principalement la semaine de la Foire au Vin et, le reste du temps, il allait à la supérette du coin de la rue ou faisait le marché le dimanche matin.

La grande surface, ce n'était vraiment pas sa tasse de thé. Trop grand, trop de monde, trop de rayons, trop de choix, trop de queues à la caisse et toujours trop cher au bout du compte.

Cependant, pour Noël, l'hypermarché s'imposait. Comme une solution gain de temps, plutôt que d'enchaîner le boucher, le maraîcher, le poissonnier, la saumonier, le sommelier... comme Anne l'avait prévu.

La Ritournelle

Si on ne sait pas se simplifier la vie aussi, il ne faut pas se plaindre. Pour relever ce défi, Antoine avait misé sur ses qualités professionnelles de décision et d'organisation. Au bureau, on louait son efficacité redoutable. Action / Réaction. Ça n'était pas trois courses qui allaient le déstabiliser.
C'est donc déterminé qu'il gara la voiture non loin de l'entrée. *Encore deux minutes de gagnées*, nota-t-il fièrement, *pile en face des Caddies*. Il s'apercevrait par contre trop tard qu'il était stationné sur une place livraison, très loin de la sortie.
Il pénétra, conquérant, dans le centre commercial. Les portes battantes s'ouvrirent à lui et une large banderole rouge et verte l'accueillit, lui souhaitant un « Joyeux Noël » grandiloquent. Il fit une moue sceptique.
Le monde qui arpentait les allées du centre commercial lui parut insensé. *Pourquoi tous ces gens attendent le dernier moment pour faire leurs courses, franchement ?* Des gamins capricieux, des parents essoufflés, des accidents et des embouteillages de Caddies à perte de vue. Antoine se ressaisit aussitôt. Ne pas se laisser abattre. Transformer le marathon en sprint. Être plus malin que les autres. Slalomer entre les indécis qui n'ont rien d'autre à faire que de perdre leur temps.
Alors qu'il se dirigeait d'un pas assuré vers le rayon boucherie, le sourire enjôleur d'une hôtesse prenant la pose devant des boîtes de chocolat le détourna

La Ritournelle

un instant de son objectif. « Les Noëls sont toujours plus joyeux avec un Mon Chéri », lui susurra-t-elle à l'oreille. Il sentit le rouge lui monter aux joues. Il n'osa pas refuser de goûter les chocolats qu'on lui tendait généreusement, et se sentit obligé de prendre *deux* boîtes. Avec les chocolats, il avait toujours peur de manquer. Après tout, c'était une bonne idée, des chocolats, pour un réveillon, non ? Anne serait contente de sa prise d'initiative, se persuada-t-il en repartant avec son Caddie.

Il traversa maladroitement l'allée centrale, manquant de renverser des enfants qui jouaient à chat sur son passage. Au micro, les animateurs rivalisaient d'ingéniosité pour attirer le chaland vers les rayons de dégustation de vin ou de foie gras. Antoine hésita, puis il opta pour la volaille. Au rayon boucherie, la queue était délirante, il fit volte-face et retourna sur ses pas.

Je vais commencer par le saumon. C'est essentiel, le saumon à Noël.

Direction la poissonnerie. Le brouhaha des annonces dans le haut-parleur et les lumières aveuglantes des décorations de Noël lui donnaient le tournis. Il se perdit dans les allées. Après un quart d'heure sportif, il arriva transpirant devant le poissonnier, et se résigna à faire la queue en entamant une boîte de chocolats.

Vingt bonnes minutes et quelques Mon Chéri plus tard, c'était enfin son tour :

La Ritournelle

– Bonjour, je voudrais du... *je voulais quoi déjà ?* Ah oui, je voudrais du saumon fumé pour une dizaine de pers...
 – Votre ticket, Monsieur, l'interrompit sèchement le vendeur.
 – Pardon ?
 – Vo-tre ti-cket, articula-t-il plus fort derrière son masque. Pour la file d'attente.
 – Mais je n'ai pas de ticket...
 – Pas de ticket, pas de poisson.
 – Qu'est-ce que c'est que cette histoire ? Mais je l'ai faite la queue, j'y étais dans la file, puisque je suis là et que je n'ai pas doublé la dame derrière moi, n'est-ce pas, Madame ? C'est le pompon ! C'est nouveau, votre truc ?
 – Oui, depuis à peu près... trois ans. Suivant !
 Antoine maugréa et fit demi-tour, abattu. Il prit un ticket dont le numéro promettait une attente plus longue encore et se dit qu'il allait s'atteler au reste des courses en attendant son tour. Il devait regagner le temps perdu. Il s'aventura dans un premier rayon. De nouveau l'hôtesse, au croisement des allées, « Un chocolat, Monsieur ? », il hésita encore devant la boîte entamée gisant dans son chariot... Oh et puis non, Noël serait un four si le chéri en question ne rentrait pas avec la liste précise des courses. Il se ressaisit et déclina d'un signe de tête, fier de ne pas céder à la tentation, et reprit son Caddie qui couinait. Comme

La Ritournelle

disait sa belle-mère : « Les corvées d'abord, les plaisirs, après. » Nadine avait au moins raison sur ce point. Bien qu'elle laissât les corvées aux autres et se réservait les plaisirs en exclusivité.
Antoine tapota la poche de sa veste et son visage se décomposa.
On pouvait dire de lui qu'il était intelligent, travailleur, généreux, gentil, beau, excellent cuisinier, planificateur, drôle, sportif, et qu'il était un père formidable. Mais un fait pouvait lui être reproché, et ce depuis toujours : il était tête en l'air.
– Merde la liste !
Petit déjà, il pouvait se rendre à l'école sans son cartable. Adolescent, il manquait de mettre le feu chaque fois qu'il faisait des pâtes, oubliant l'eau sur la gazinière jusqu'à faire cramer le fond de la casserole. Une fois adulte, il s'était mis à perdre tout et n'importe quoi, avec une préférence pour sa carte bleue et ses clés de voiture.
Antoine était déjà là depuis une heure, sans rien dans son Caddie, excepté deux boîtes de chocolats, dont une quasiment vide, et qui ne figuraient même pas sur cette satanée liste.
Anne. Appeler Anne. La connaissant, elle réciterait le contenu par cœur et aurait même des fulgurances de dernière minute.
Le portable de sa femme sonna dans le vide. Il tripla son appel, remangeant un chocolat.

La Ritournelle

S'il y avait bien une chose pour laquelle il aurait pu demander le divorce sur-le-champ, c'était ça. Anne ne répondait *jamais* – absolument jamais – à son téléphone. Avec cette excuse imparable : « Tu n'as qu'à m'envoyer un texto comme tout le monde ! » Antoine se résigna à écrire un message à sa femme. Il attendit. Pas de réponse. Autour de lui, le monde était en ébullition. Il s'agaça, hésita un instant à retourner à la maison, puis se mit à éclater de rire à l'idée stupide de rebrousser chemin alors qu'il avait quasiment fait le plus dur. Il allait juste tout faire de tête. D'un réveillon à l'autre, les plats étaient toujours les mêmes. Avec une unique variation pour la viande du plat principal. On avait dit quoi déjà pour le repas cette année ? Un chapon ou une poularde ?

À l'autre bout de l'allée, il vit son numéro clignoter puis disparaître à la poissonnerie. Il soupira de découragement et avala deux autres chocolats à la liqueur. Sa tête commençait sérieusement à tourner.

Se ressaisir. Il gérait des dossiers bien plus difficiles au bureau, ça n'était pas un malheureux dîner de famille qui allait l'intimider. Il décida de changer de technique et d'éviter les files d'attente à la coupe. Il opta pour les produits déjà préparés, suremballés, qui lui tendaient les bras dans les rayons. Il était écolo toute l'année, il pouvait bien faire une exception pour Noël !

La Ritournelle

Devant le rayon saumon, vingt options, au moins, se présentaient à lui. Bio ou non, Écosse ou Norvège, d'élevage ou sauvage... Il commençait à sentir son front se perler de grosses gouttes, lorsqu'il se souvint que quoi qu'il choisirait, chacun aurait ses remarques, ses réticences, ses critiques. La sœur, supposément végan, rappellerait qu'elle n'en mangeait pas, mais finirait par avaler deux tranches à la dérobée ; la tante opterait pour un gravlax franco-français, ce qui ne semblait pas exister dans ce magasin ; et la belle-mère préfèrerait un saumon fumé au bois d'un arbre rare, impossible à prononcer, dont elle aurait entendu parler dans les magazines de son salon de coiffure. Antoine prit donc au hasard quatre paquets et repartit aussitôt, d'un pas victorieux.

Puis ce fut comme un déclic. Il enchaîna les rayons avec aisance et fluidité, doublant un coup à droite, un coup à gauche, anticipant les enfants survoltés et les parents aphasiques. Il était efficace et décisif : amuse-bouche, apéritifs, serviettes en papier, café, fromages à gogo... Il avait pensé à tout. Même Anne n'avait pas anticipé le « café déca » et le « papier-toilette ».

Il prit la direction des caisses. Un rapide coup d'œil pour évaluer les concurrents des allées adjacentes et choisir la bonne file. Il s'engagea dans la seule qui avançait, se collant à la personne devant lui pour l'inciter à se dépêcher. Il s'enorgueillit de son choix judicieux

La Ritournelle

et lança des sourires taquins aux autres files. Antoine avait fait vite. Anne serait surprise. Ce n'était qu'une formalité quand on savait s'y prendre.

Arrivait bientôt son tour, quand la dame devant lui bloqua toute la dynamique : un de ses articles ne passait pas. Antoine leva les yeux au ciel d'exaspération. La caissière rescanna l'article, maintes fois, et dut appeler un collègue au micro. La cliente lui fit un sourire mi-gêné mi-complice, qu'Antoine refroidit de son regard le plus désagréable.

Quand ce fut enfin à lui, il déballa l'intégralité de son Caddie sur le tapis roulant, y compris la boîte vide de chocolats, avec une agilité rare. Mais à bien y regarder, il s'aperçut qu'il manquait quelques articles et pas des moindres : la poularde, les pommes dauphine surgelées et la bûche glacée !

Antoine hésita. Est-ce qu'on avait vraiment besoin d'un plat et d'un dessert ? Avec tout ce qu'il avait déjà pris ? Il envoya un nouveau message à sa femme. Cette fois, elle lui répondit aussitôt : « Bien tenté, mais non. Tu finis les courses. Chacun sa galère. »

Anne, elle, était coincée à La Poste, affublée de ses deux petits assistants, plus turbulents que des lutins enragés, parce que des « imbéciles heureux » avaient fait livrer leurs cadeaux de Noël chez eux, au lieu de venir avec le soir du réveillon.

La Ritournelle

Antoine, dépité, fit son sourire le plus enjôleur à la caissière, puis lui expliqua qu'il allait tout laisser sur le côté du tapis roulant et qu'il revenait tout de suite, le temps d'ajouter les quatre bricoles qu'il avait oubliées.
– Hors de question, Monsieur ! Soit vous remballez tout, soit vous payez, dit-elle de son air le plus mal aimable, où l'on sentait que toute négociation était impossible.

Antoine remit tous ses articles dans son Caddie et quitta la caisse. Excédé. Il avait été à deux doigts de balayer cette corvée d'un revers de manche, et avec brio. Déterminé comme jamais, il enchaîna les rayons comme un triathlète les épreuves. Avec concentration, discipline et rythme. Il était rouge, essoufflé, son Caddie débordait, mais il continuait d'ajouter des articles pour être certain de ne manquer de rien, arpentant les allées les unes après les autres.

Il fonça vers le chapon, repassant devant l'hôtesse qui essaya encore de lui vendre des Mon Chéri.

Quarante-cinq minutes plus tard, il se précipitait à nouveau vers les caisses, il choisit la plus courte, enfin... la moins longue, déballa une seconde fois son Caddie sur le tapis roulant, exposant par là même le repas du soir : apéritifs, amuse-bouche, champagne, foie gras, pain de mie, pain d'épice, saumon fumé, vins blancs et rouges, chapon, salade, fromages, bûche...

La Ritournelle

Lorsqu'il leva les yeux, satisfait, son sourire de contentement s'effaça aussitôt. La même caissière. Le même rictus narquois.
– Tiens, revoilà mon champion. Vous avez tout, cette fois ?
– Oui, souffla-t-il, agacé et gêné.

C'était déjà sympa qu'elle l'ait reconnu et salué, d'autant qu'il avait l'impression d'avoir pris dix ans en une demi-heure de queue de volailles. Avec une rapidité qui lui redonna de l'élan, tous ses articles furent scannés. Il comprenait mieux pourquoi cette caissière avait la file d'attente la plus courte. Elle était redoutable d'efficacité.

Lorsque la caissière lui annonça le montant, Antoine lui fit répéter plusieurs fois tant il lui parut exorbitant. Il ronchonna en sortant son porte-cartes et, quand il l'ouvrit, il eut envie de pleurer.
– C'est pas vrai ! lâcha-t-il.
Il fit un sourire désolé à la caissière.
– Vous allez rire…
– Si c'est une caméra cachée, elle est très bonne… dit-elle en scrutant autour d'elle, enthousiaste.

Plus elle souriait, plus Antoine avait l'impression qu'elle se moquait de lui.
– À tous les coups, c'est mon fils qui m'a piqué ma carte !

Derrière lui, les autres clients lui lancèrent des regards noirs.

La Ritournelle

— Tout va bien, une minute et ce sera réglé, dit-il en appelant sa femme, qui, miracle, décrocha.

— Anne, je suis à la caisse et je n'ai pas ma carte bleue. Je ne comprends pas... Tu peux venir tout de suite s'il te plaît ?

— Attends, ça ne va pas la tête ! Je dois lâcher ma file d'attente à La Poste ? Tu rêves ou quoi ? Il ne me reste que quatre personnes devant moi, je ne bougerai pas, je n'ai jamais été aussi près d'en voir le bout.

— Demande à *ton* fils où il a mis ma carte !

Il disait toujours « ton fils » dès qu'il s'agissait d'une bêtise. À l'inverse, lorsque Antoine était fier, Léo redevenait évidemment *son* enfant.

— Attention, tu accuses Léo, mais es-tu vraiment sûr que c'est lui ? Ce ne serait pas la première fois que tu perds ton portefeuille.

Antoine avait le record départemental des oppositions de carte bleue en 2017, 2018 et 2019. Sa banque lui avait même offert un tarif annuel dégressif : pour cinq cartes égarées, la sixième opposition était offerte. Il faut dire qu'il avait toujours été un bon client. Malheureusement en 2020, il avait été détrôné par une nonagénaire à l'étourderie imbattable.

Anne lui avait donc offert un porte-cartes épais qui épousait l'entièreté de sa poche, afin qu'il ne la perde plus en s'asseyant. Mais ce que ni Anne, ni Antoine n'avait anticipé était qu'un petit curieux

La Ritournelle

collectionnait les cartes de visite et autres trouvailles du même format.
– Je l'ai, mon portefeuille ! Il est vide ! Enfin non, il y a ma carte vitale, celle du permis de conduire, il manque juste la plus importante. C'est Léo, je te dis. Demande-lui !

Sa veine frontale était au bord de l'explosion. Antoine tendit l'oreille pour suivre l'échange entre le présumé coupable et sa femme.

– Léo, tu n'aurais pas vu la carte bleue de Papa ?
– Bleue, non, mais j'en ai vu une dorée… marmonna le garçon.
– Oui, mon ange, tu as raison, c'est une carte bleue dorée. Et elle est où ? l'encouragea sa mère.
– Sac à mystères, répondit la petite voix de l'enfant dans le téléphone.
– Et il est où ce « sac à mystères » ? hurla le père, exaspéré.

Antoine attendit au bout du fil, plein d'espoir, écoutant sa femme parlementer avec son fils. À force d'entendre Léo répéter « mystère », il s'impatienta.

– Anne, viens le plus vite possible ou ton fils aura ma mort sur la conscience ! Ils ne sont pas zen, les gens. À croire qu'ils reçoivent tous ta mère à dîner !

5

13 h 16

De retour de mission, Antoine rangea les courses, empilant les aliments les uns sur les autres. Anne quant à elle barrait une à une les tâches accomplies du plan de bataille et répartissait les choses restant à faire.

– Bon. On n'a que deux heures de retard sur notre planning. Il suffit que tout le monde arrive l'année prochaine et…

Elle s'interrompit. On venait de sonner à la porte. Ils se regardèrent, transis : ils n'attendaient personne. En tout cas pas si tôt. Intrigués, les enfants déboulèrent comme deux fusées et les devancèrent pour ouvrir.

Un livreur, débordant de colis, leur sourit.

– C'est lui, le Père Noël ? demanda Léo.

– Bah, on dirait bien : il a tout un tas de cadeaux dans les bras, répondit son frère. Tout est pour nous ?

La Ritournelle

– Ta barbe, elle n'est pas très blanche… Et ils sont où tes rennes ?
– Allez jouer, les enfants ! Ce n'est pas lui…

Anne débarrassa le livreur et claqua la porte d'énervement derrière elle.

– Ils m'ont prise pour la réceptionniste, ou quoi ? C'est la quatrième fois cette semaine. Le Père Noël, il ne s'embête plus du tout…
– Ça, à tous les coups, c'est ta sœur ! dit Antoine. Ça se dit écolo jusqu'au bout des dreads, mais ça ne la dérange pas de commander en ligne…
– Bon, au moins, on a des cadeaux à mettre sous le sapin. C'est déjà ça… Reste à les emballer.
– Et pour moi une bonne tonne de cartons de livraison à descendre…

Antoine était le préposé aux « poubelles ». Sa spécialité : l'attente, le dernier moment, le point de non-retour. Au sommet de la procrastination, il y avait le sapin, jeté chaque année… en avril. Le dernier de tous les voisins. Et sûrement le record de France. Au point où même les encombrants n'en voulaient plus et qu'en passant devant, Anne et lui baissaient la tête de honte, Tom et Léo s'esclaffant : « Tiens, il est toujours là, notre sapin tout rouge ! »

Comme un automate, Anne tirait sur la languette de chaque carton, en extrayait le contenu puis faisait l'emballage cadeau. Elle répétait l'opération le plus

La Ritournelle

rapidement possible, cachant les paquets finalisés dans le cellier de la cuisine, afin que ses enfants ne voient pas ce capharnaüm.

– C'est quoi ce truc ? demanda Anne en ouvrant le dernier colis. On dirait un... concombre géant !

– Qui nous offre ça ? Encore une horreur ?

Intrigué par les messes basses de ses parents, Léo vint voir l'objet de toutes les convoitises. Afin d'évaluer si ce trésor pourrait trouver une place de choix dans son sac à mystères, il se hissa jusqu'à la table et sortit l'engin de l'emballage.

– Waouh ! C'est une épée laser ! Et elle vibre !!! Trop génial ! dit le garçon.

– Fais voir, demanda Antoine, subitement curieux.

– Je ne comprends pas à quoi ça sert, poursuivit Anne. C'est écrit « massage » ? Ça serait peut-être bien pour mon mal de dos...

– Je ne crois pas que ce soit pour masser cette partie du corps, ma chérie...

– Qui a commandé *ça* pour nous ? interrogea-t-elle.

Elle attrapa l'emballage afin d'y déceler un indice. Ses yeux cherchèrent l'expéditeur, puis tombèrent sur le destinataire.

– Mince... C'était pour le voisin !

– Lequel ?

– Le vieux tout seul... Qu'est-ce qu'on fait ?

Son mari était captivé par la notice à petits dessins.

La Ritournelle

– Antoine ?

Celui-ci était définitivement plus intéressé par l'idée de tester les différentes fonctionnalités de l'objet que par celle de s'en séparer.

– Pas d'avis ? Adjugé. Je le déposerai discrètement demain sur son paillasson...

Le téléphone sonna. Ils se regardèrent. Nadine allait finir par avoir leur peau.

Anne décrocha avec hargne.

– Allô !! Ah... c'est vous ? Euh... oui. Il est là. Je vous le passe. Antoine, c'est pour toi.

Le quadragénaire attrapa le combiné, inquiet que ce soit une urgence professionnelle, quand une voix venue d'outre-tombe s'éclaircit la gorge dans ses oreilles.

– Papa ? dit-il en éloignant le téléphone. Qu'est-ce qui se passe ? Ça va ?

On toussa à nouveau en guise de réponse.

La conversation ne dura pas plus d'une minute. De toute façon, avec Patrick, il était difficile de faire long. Le record était de deux minutes et quarante-cinq secondes, le jour où, huit mois plus tôt, son père avait dû entrer dans le détail des derniers préparatifs concernant l'enterrement de sa femme.

Antoine raccrocha, dépité. Il s'assit et fit fondre deux comprimés effervescents dans deux verres d'eau. Il en tendit un à Anne, qui s'assit à son tour, anxieuse.

La Ritournelle

Il resta un long moment silencieux, fixant les petites bulles qui remontaient à la surface, en se passant nerveusement la main dans ses cheveux devenus rares.

– Je suis désolé, je n'ai pas eu le courage de lui dire non... Il m'a fait de la peine, avec ses amis qui annulent à la dernière minute. On ne va pas le laisser tout seul pour Noël... Surtout la première année où il n'y a plus Maman.

Anne expira longuement, attrapa le tube d'aspirine et soupira.

– Il ne manquait plus que ça !

6

13 h 30

Patrick n'était pas le convive le plus simple à ajouter à un dîner. Surtout dans la famille d'Anne. Avec sa mère Nadine, sa sœur Lucie et sa tante Caroline, il y avait des sujets sensibles qu'il valait mieux éviter et sur lesquels on savait par avance qu'on n'arriverait pas à se mettre d'accord. Il existait un arrangement tacite entre elles pour ne pas les aborder, de telle manière que les dîners se passaient bien, du moins sans laisser place à des rancunes tenaces, ni à des haussements de ton excessifs.

Antoine avait promis que la présence de Patrick ne changerait rien, sauf que, d'avance, ils savaient tous les deux que cela changerait tout.

– Tu te souviens du dernier déjeuner ?
– Oh que oui...

La Ritournelle

– Ma mère n'est pas facile, mais ton père n'a fait aucun effort... Ce n'est pourtant pas compliqué d'éviter les sujets interdits !

Parmi les pentes savonneuses, on trouvait les élections et la politique en général, l'environnement, les écolos, le bio, les bobos, les bobos-bios, les bobos-bios-écolos, les gauchistes, les végans, les vaccins, la fin de vie, l'éducation des enfants, le programme scolaire, les religions, la Chine, le nucléaire, les éoliennes, le plastique, le *made in France*, les voies sur berge, la circulation en ville, les vélos et les trottinettes, l'avion, le football, les JO, les réseaux sociaux, les GAFA, les impôts, la retraite, les voitures électriques, les radars, la limitation de vitesse, les permis de construire, les réfugiés, les chômeurs, les féministes, *Me Too*, la *cancel culture*, la peine de mort... Et les colis livrés à domicile.

Année après année, la liste des sujets tabous s'allongeait, réduisant celle des conversations possibles.

Antoine le savait, son père était limite, mais il n'avait plus que lui. Anne avait ses deux parents, séparés certes, mais bien présents. Elle avait « la chance » de pouvoir réveillonner le 24 au soir avec sa mère et le lendemain midi avec son père. Antoine méritait bien qu'on fasse une petite place à sa seule et unique famille.

– Ma mère ne peut pas l'encadrer !
– Et c'est réciproque.
– On les met loin l'un de l'autre à table.

La Ritournelle

– Pour le meilleur et pour le pire, dit Antoine.
– Et que les choses soient claires, une parole de travers et ton père s'en va. Tu le briefes et tu le surveilles toute la soirée comme du lait sur le feu. Je ne veux pas que ce réveillon tourne au fiasco.
– Tu as ma parole, chérie.
– Et surtout, ne dis rien à ma mère avant. Sinon, elle va être insupportable.

Antoine esquissa un sourire.

– Tu veux dire, comme d'habitude ?

7

15 h 42

Les heures passaient, l'arrivée des invités approchait et Anne, les cheveux ébouriffés et le tablier tout taché, barrait consciencieusement les derniers accomplissements de la liste.

– Bon, si on tient cette cadence, on sera prêts pour 19 h 30. Les cadeaux, c'est fait, les courses aussi, une partie du dîner est bien avancée. Il nous reste à nous faire beaux le sapin, la table, les enfants et nous.

Antoine se gratta la tête.

– Pour les cadeaux, on a un truc pour mon père ?

Antoine avait une façon de dire « on » qui voulait toujours dire « tu ».

– Je n'avais pas du tout prévu qu'il s'invite aujourd'hui. Ressortir faire des achats de dernière minute est au-dessus de mes forces. J'ai eu ma dose de courses pour un an.

La Ritournelle

– Regarde dans le placard aux horreurs. Tu trouveras peut-être ton bonheur. Il reste du papier cadeau dans la commode de l'entrée, mais sois discret, s'il te plaît.
– Le placard aux quoi ?
Antoine ne comprit pas.
– Le placard, dans le couloir. En face de la salle de bains.
Antoine fut subjugué de découvrir l'existence de ce placard, après huit ans passés dans cet appartement. Les portes étaient peintes de la même couleur que le mur, de telle sorte que l'ensemble se fondait totalement dans le décor. Lorsqu'il l'ouvrit, il faillit défaillir d'horreur.
Le bien nommé placard.
– Anne, tu peux me dire comment on en est arrivé là ?
Trois ans plus tôt, lorsqu'elle avait organisé son premier réveillon familial, Anne avait trouvé sous le sapin un t-shirt « Je suis feignasse et j'assume », taille XXL, et Antoine, un tablier « C'est Elle le chef » avec un corps de bimbo seins nus. Sûrement à l'initiative de sa sœur. Le mauvais goût de Lucie ne s'arrêtait pas à ses compagnons. À cela s'étaient ajoutés un sablier musical offert par Nadine, qui rappelait que le temps était compté s'ils voulaient agrandir la famille, et une attention toute particulière de Caroline, un bûcheron en terre cuite dont l'entrejambe faisait office de tire-bouchon. Une fois les invités partis, Anne avait rassemblé les cadeaux et, ressentant alors une grande gêne

La Ritournelle

doublée d'une profonde consternation, elle les avait machinalement enfermés à l'abri des regards, dans le placard du couloir qui n'avait, jusque-là, aucune utilité. Au fil des fêtes de famille, elle avait pris l'habitude d'y entasser les cadeaux douteux, c'est-à-dire la plupart, de telle sorte que le placard, à présent, était plein.

On pouvait par exemple y trouver une lampe rose à abat-jour frangé, des vernis à ongles à paillettes orange et bleus ; des bougies parfumées odeur W-C ; des assiettes vert kaki dont le contour ondulait en vaguelettes, tellement laides qu'elles coupaient l'appétit ; un cadre aux bordures coquillage, si kitsch qu'Anne n'avait jamais trouvé en quelle occasion le sortir. Il y avait aussi les statuettes de nains nus, fabriquées par sa tante. Anne adorait les cadeaux faits maison, mais elle s'était sentie embarrassée par la collection impressionnante de nains de jardin de plus en plus généreusement dotés que Caroline avait modelés au fil des années. Il y avait également la série des cadeaux comestibles : un panier garni végan « spécialités anglaises », un autre « tofu des îles », ou encore un « 100 % sucré », dont la date d'expiration était passée depuis deux ans.

Sans surprise, les cadeaux les plus terribles étaient toujours ceux de sa mère. Avec une mention spéciale pour l'intégrale des livres de Nadine de Rothschild sur « Comment bien (et mieux) tenir sa maison » ; un autobronzant pour peaux mûres ; une box pour

La Ritournelle

apprendre les bases du maquillage et une séance offerte avec un coach sportif spécialisé pour les cas désespérés. Mais le cadeau ultime de ce placard, celui qui avait été le plus humiliant à ouvrir devant tout le monde, datait du Noël dernier : une crème anticellulite avec sa ventouse pour décoller les capitons, accompagnée de son objet de torture pour réaliser le fameux palper-rouler.

Les cadeaux offerts à Anne côtoyaient fort judicieusement ceux choisis pour son mari : une brosse pour chauves, lisse et sans piquants, excepté pour le moral d'Antoine ; un masque pour peaux grasses à laisser poser toute une nuit ; ou encore des chaussons de grand-père à tartan, odeur d'antan. On avait l'impression que, passé dix ans de mariage, toute la famille s'était donné le mot pour émousser le romantisme dans leur couple.

Les enfants, bien sûr, n'étaient pas en reste. Dans le placard, on pouvait encore dénicher un Goldorak parlant sans possibilité de couper le son. Un pistolet à eau, grosse capacité, qui avait déjà inondé le voisin du dessous. Un réveil Mickey à remonter manuellement qui faisait tic-tac toute la nuit. Un boomerang « nouvelle génération » qui avait eu raison de la baie vitrée de l'appartement. Une voiture télécommandée spécialiste du dégommage de plinthes, et enfin, un CD collector de la chanson « Libérée, délivrée », interprétée dans toutes les langues du monde.

La Ritournelle

L'inconvénient majeur de ce placard, et son utilité surtout, était qu'Anne, pour ne vexer personne, le rouvrait une fois l'an, afin d'en ressortir une petite sélection qu'elle exposait aux yeux de tous. Tel un serpent qui se mord la queue, plus elle ressortait ces horreurs, plus ses proches se sentaient autorisés à lui en offrir de nouvelles.

Mais une fois de temps en temps, ce placard pouvait servir. Voire les sauver.

– Alors, tu as trouvé ton bonheur ?

Antoine fit une drôle de moue : il n'était pas certain que son choix fasse réellement plaisir à son père.

– On va dire que oui...

Anne passa une tête par-dessus l'épaule de son mari, qui avait choisi un sablier en bois.

– C'est très bien. Quand on connaît la ponctualité de ton père, un sablier lui fera plaisir. Il sera content.

Antoine prit un peu de recul pour voir le résultat. Il grimaça.

– C'est horrible : j'ai l'impression que ta mère déteint sur moi.

Nadine avait en effet une fâcheuse tendance à confondre Noël et vide-greniers. Sauf qu'elle ne culpabilisait pas.

Bien qu'elle abhorrait les brocantes, où on ne trouvait que des vieilleries qui lui rappelaient son ex-mari, chineur à ses heures perdues, Nadine prenait chaque année l'excuse du 25 décembre pour se débarrasser de

La Ritournelle

ses objets les plus laids. Elle faisait le tour de sa maison, triant ce qu'elle n'aimait plus et l'offrant sans vergogne.

Récemment, elle avait commencé à vider la cave de toutes les affaires qui avaient appartenu à son ex-mari, plutôt que de les lui rendre, lui qui les réclamait depuis le divorce.

Anne se demandait pourquoi elle était la seule à se décarcasser. Cette année, elle avait par exemple fait trois heures de queue pour offrir à son frère LE manga collector que tout le monde s'arrachait en édition limitée. Elle avait ensuite parcouru toute la ville pour trouver LE dernier sac à main végan *made in France* réalisé dans de petits ateliers à taille humaine en matière végétale à base de déchets de maïs, pour faire plaisir à sa sœur. Pour sa grand-mère, elle avait cherché longtemps la loupe parfaite pour que Mémé puisse continuer à faire ses mots croisés et à lire son journal. Pour sa tante Caroline, elle avait choisi un soin détox en institut, à base de feuilles de vigne et de vinaigre de vin. Quant à sa mère, elle avait d'abord pensé lui prendre un cactus, mais elle avait finalement opté pour un terrarium, avec une plante aussi jolie qu'un bonzaï, censée être increvable. Comme Nadine.

Ce placard aux horreurs était bien la preuve d'une incompréhension familiale. Tout le monde s'offrait des cadeaux, certes, mais pas avec la même attention. De

La Ritournelle

loin, cela pouvait ressembler à de l'ingratitude de la part d'Anne et d'Antoine.

Anne avait bien essayé, les premières fois, de garder et d'utiliser certains présents. *Après tout, c'est l'intention qui compte*, s'était-elle persuadée. Mais Antoine avait répondu, ferme : « Non. Ce qui compte, c'est de faire plaisir. Nous, on se décarcasse à chercher une délicate attention pour chacun. Et en retour, on a le sentiment qu'ils ne font aucun effort, qu'ils se fichent de nous ou, pire, qu'ils ne nous connaissent pas. » C'était l'accumulation de cadeaux ratés qui créait cette impression d'oppression sans fin.

— S'ils offrent encore des dizaines de jouets aux enfants, je ne sais pas ce que je fais... dit Anne.

— Une syncope ?

— Je leur dis chaque année : un cadeau maximum chacun. C'est déjà beaucoup. Ils sont pourris gâtés. Ils ne jouent pas avec la moitié, ça encombre leur chambre et, après, qui range ? Bibi !

— Anne, tu m'aides à refermer le placard ? Je n'y arrive pas.

— Tiens, tant qu'on a le nez dedans, on va sortir deux ou trois bibelots, ça fera plaisir à nos invités. Je retiens la porte et tu prends les trucs qui te tombent sous la main. OK ?

— Prêt.

La Ritournelle

Anne retint son souffle, Antoine ferma les yeux. Il attrapa ce qu'il put en essayant de ne rien faire tomber. À force d'entassement, les piles étaient fragiles.

– Ça y est ! J'ai ! Referme vite !

Antoine avait attrapé un nain nudiste de tante Caroline, sans doute issu de la première série, car l'entrejambe était encore modeste, et un cadre à bordure coquillages, qui affichait une belle photo d'eux avec leurs enfants. Il les posa sur la commode de l'entrée, bien en évidence.

Anne referma le placard, les fesses appuyées contre la porte, afin d'assurer sa fermeture.

– Dis-moi, chérie, on va garder tout ça éternellement ?

– Tant que les fêtes de famille se tiendront chez nous, malheureusement oui. Je ne prends pas le risque de jeter quoi que ce soit.

Antoine resta dubitatif : il n'y avait plus une place. Rien que les cadeaux du réveillon qui se profilait ne pourraient pas y entrer. Alors ceux des futures années… Il soupira.

– Rappelle-moi un truc, Anne… Noël, c'est tous les ans ?

8

16 h 55

Cela faisait plus d'une heure qu'Anne s'évertuait à décorer le sapin. Elle avait essayé de rendre l'ensemble harmonieux et élégant, mais les enfants avaient fait à leur manière, dans un style très, très chargé. Trop de boules, trop d'ornements, et une guirlande lumineuse qui clignotait quand ça lui chantait.

Chaque branche avait été garnie de part et d'autre pour équilibrer le poids des décorations, mais le sapin continuait désespérément de pencher. Le tronc était trop gros et il avait été impossible de l'enfoncer dans le trépied qu'Anne s'obstinait à ressortir chaque année. Il était beau, ce trépied, couleur vert sapin, mais elle aurait dû se rendre à l'évidence : qu'il soit Nordmann ou Épicea, c'était toujours pareil, aucun sapin ne rentrait jamais dedans.

Anne redressa une nouvelle fois l'étoile qui surplombait l'arbre, puis recula d'un pas : il y avait un

La Ritournelle

risque majeur que tout s'effondre avant la fin de la soirée.

Lorsqu'un premier chant de Noël retentit dans le salon, elle sentit l'angoisse monter. Antoine ne résistait pas au plaisir de mettre des chansons qui lui rappelaient son enfance. Ainsi, tous les ans, Anne avait droit à des *Vive le vent*, *Mon beau sapin* et *Petit Papa Noël*, que son mari réécoutait en boucle « pour se mettre dans l'ambiance », comme il disait en montant le son. Cette joie avait plutôt le don de la crisper, car Anne n'avait jamais aimé Noël.

Petite, elle rêvait d'une enfance insouciante. Sans les disputes incessantes de ses parents. Dans sa vie d'écolière, il ne s'était pas passé une journée sans qu'elle redoute de rentrer à la maison et que son père n'y soit plus. Les disputes étaient d'une telle violence que leur séparation lui semblait inévitable. En tant qu'aînée des trois enfants, Anne était en première ligne. Comme un Casque bleu qui entend les balles siffler, elle était leur porte-parole, leur drapeau blanc aussi.

Alors, chaque année à Noël, elle priait le Père Noël pour que, au moins un soir par an, ils ne se disputent pas. Que la paix revienne et que les cris cessent. Pour avoir une famille normale. Mais de mémoire de petite fille, il n'y avait jamais eu de trêves, et elle n'avait pas souvenir d'avoir partagé la bûche avec ses parents réunis.

Alors, Anne n'y avait pas cru longtemps au Père Noël.

9

17 h 10

Anne parcourait ses vinyles de Frank Sinatra, lorsqu'elle fut interrompue dans sa recherche par le téléphone. Chaque sonnerie résonnait plus intensément dans sa boîte crânienne.
– Mais ils vont me rendre dingue aujourd'hui ! Ils se sont tous passé le mot ? Comment voulez-vous qu'on avance !
Elle décrocha vivement.
– Quoi encore !!? Oui, Maman... Non, Maman, tu ne me déranges absolument pas, j'ai juste dix personnes à dîner, deux enfants à gérer, un mari qui prend des initiatives hasardeuses, appuya-t-elle d'un regard noir en repensant à la présence de son beau-père, mais oui, tout va bien, j'ai le temps de papoter...

La Ritournelle

Anne fut interrompue par les hurlements catastrophés de sa mère, grande tragédienne. La voix criarde dans le combiné raviva sa migraine.

– Comment ça, onze... ?

Elle entendait un mot sur deux, suffisamment tout de même pour comprendre la situation.

Et merde !

– Oui, Maman, c'est vrai, Patrick va se joindre à nous...

Mais comment était-elle déjà au courant ?

Antoine tendit son portable à Anne. Patrick avait écrit à Nadine pour la remercier d'avoir accepté de l'inviter chez elle. Bref, il n'avait rien compris, mais lui au moins pensait que le réveillon aurait dû être chez Nadine. « Il espérait qu'il n'avait pas fait une ânerie »...

– Mais, oui, Maman, il va être poli. Et non, il n'a pas prévu de te sauter à la gorge, ni de vider son verre de vin sur ton brushing. Pas cette fois.

– C'est lui ou moi ! Je te préviens, Anne.

– Je suis désolée, Maman, on a été pris de court. Et c'est aussi le grand-père des enfants, on ne va tout de même pas le laisser réveillonner seul...

– Anne Komaneski...

– Maman, c'est toi qui décides de ce que tu veux faire, mais il sera là.

La Ritournelle

Dans son oreille retentit le bip réconfortant de sa mère, vexée, qui avait raccroché. Antoine se contint un peu moins :

– Elle nous fait chier, ta mère. On est encore en droit d'inviter qui on veut ! Elle impose le réveillon chez nous, faut quand même qu'il y ait des avantages à se faire avoir chaque année. Et puis, au moins, mon père, il ne passe pas son temps à critiquer le dîner. Avec un peu de chance, ta mère ne va pas venir ? conclut-il, embrassant sa femme, réjoui par cette idée.

– Tu rêves ! Tu ne la connais pas ou quoi ? Elle va vouloir marquer son territoire.

– Ça promet...

– Ça va être un carnage surtout !

10

17 h 25

Pour certains, il n'y avait que le sport qui pouvait délivrer des angoisses. Courir pour se vider la tête. Faire du yoga pour retrouver la paix intérieure. Pour Anne, son salut passait par l'aspirateur.

Elle avait bien un abonnement à un club de gym, avec prélèvement mensuel et absence annuelle, mais, non, seul le vrombissement régulier de l'aspirateur l'apaisait. Comme par magie, il couvrait tous les autres bruits de fond, ses enfants qui se disputaient, son mari qui râlait à chercher partout son portefeuille, ses clés de voiture, son portable. Ce bruit blanc l'enveloppait, la coupait de ce monde hostile : elle sentait les battements de son cœur ralentir et, comme par magie, elle n'entendait plus rien.

Cela avait d'abord été une petite manie. Innocente. Comme ci comme ça. Passer l'aspirateur de table, si

La Ritournelle

léger, si pratique, qu'elle vidait avec soulagement aussitôt après dans la poubelle pour évacuer les toxines et se délester de ce qui la chagrinait. Puis, elle s'était équipée : elle avait opté pour le modèle sans fil avec cinq embouts différents, et elle s'en donnait à cœur joie. Dans la voiture, un petit coup avant de partir en vacances, un petit coup en revenant. Dans le lit, aspirant les peaux mortes et autres indésirables, quitte à réveiller Antoine, qui, passé 10 h 15, avait de toute façon déjà fait une belle grasse matinée.

Dès qu'elle était stressée, Anne prenait son balai aspirateur et il ne fallait plus lui adresser la parole. Les bons jours, elle tournait autour des gros déchets ; les moins bons, elle aspirait avec rage tout ce qu'elle trouvait sur son passage : mini soldats des enfants, pièces de monnaie du mari, feuilles de ficus, quitte à bloquer son joujou. Elle savait qu'après elle aurait à tout démonter, puis à remonter, ce qui allait faire durer sa petite récréation plus longtemps.

En ce 24 décembre, Anne aurait eu besoin de passer la journée à aspirer. Aspirer, puis expirer. Encore et encore. Mais il ne fallait pas mollir. Il lui fallait maintenant s'occuper d'elle, sous peine de prendre une pluie de commentaires de la part de sa mère.

Devant son armoire, elle désespérait : que mettre ? Rien ne serait jamais assez bien. Aucune tenue n'avait jamais convenu à Nadine, sauf à l'enterrement de son

La Ritournelle

oncle Hubert, quelques années auparavant, où, miracle, sa petite robe noire avait arraché l'approbation maternelle. Mais elle ne pouvait pas la remettre – le noir n'allait pas avec les couleurs festives imposées –, et Nadine veillait à ce que personne ne s'habille pareil d'une année sur l'autre. En trois Noëls, Anne était arrivée à bout de ses tenues de soirée.

Elle ferma les yeux, posa sa main sur les cintres, les parcourut et en attrapa un au hasard. La robe trapèze blanche avec manches courtes et col bateau. Vendu. Au moins cette robe cachait sa silhouette et ne dévoilait pas sa dizaine de kilos en trop.

Lorsqu'elle sortit de sa chambre tout apprêtée, maquillée, coiffée, elle se posta devant Antoine.

– Alors ? Tu en penses quoi ?

– Eh bien... Le sapin penche beaucoup, mais la déco de la table est top !

Anne soupira. Antoine sentit qu'il était censé ajouter autre chose :

– Tu es stressée pour ce soir ?

– Oh que oui ! Déjà en temps normal, ce n'est pas une partie de plaisir, mais là, avec ton père... Tu lui as rappelé les sujets à éviter ?

– Oui, rassure-toi... De toute façon, on ne peut plus rien dire, ma bonne dame... imita-t-il, en embrassant son épouse sur la joue. Allez, relax, tout va bien se

La Ritournelle

passer. Et s'ils sont méchants avec toi, j'en prends un pour taper sur l'autre.
Aussitôt, deux petites voix surgirent de dessous la table.
– Nous ? demandèrent Tom et Léo.
Cachés sous la nappe, ils n'avaient rien manqué de la conversation de grands.
– Vous êtes cachés là depuis combien de temps ? s'étonna leur mère.
– Depuis que Papa est venu manger du chocolat en cachette, lâcha Léo innocemment.
– Moi ? Non, je… bafouilla Antoine.
– On attend le Père Noël, expliqua Tom, fébrile d'excitation. On va être très sage, promis.
– Et même plus sage que le Père Noël, renchérit Léo.
– On peut manger notre dernier chocolat du calendrier de l'Avent ? On a oublié ce matin…
Anne se mit sur la pointe des pieds et attrapa les deux calendriers dont les vingt-trois premières fenêtres avaient été ouvertes. De manière surprenante, Léo avait eu deux chocolats dans chacune des cases au lieu d'un seul. Son frère, vexé et jaloux, lui avait assuré que le 24 il n'en aurait pas du tout. Alors, tous se penchèrent pour découvrir combien de petites douceurs se cachaient derrière le numéro 24.
Les yeux de Léo s'illuminèrent.

La Ritournelle

— Toujours deux, Maman ! C'est incroyable quand même. Tu crois que le lutin qui les range dans la boîte voulait que je sois tous les jours deux fois plus content ?

Peut-être que dans cette folle frénésie des fêtes, il existait une belle âme, une bonne fée à l'usine des calendriers de l'Avent, qui, bravant l'interdit, quitte à perdre son travail, continuait à mettre deux chocolats par case, pour participer à la magie de Noël.

— Sûrement, Léo, sûrement... Allez, ouste, dans votre chambre. Mettez les beaux vêtements de fête que j'ai préparés sur vos chaises. J'arrive vous aider dans trois secondes.

Les garçons coururent à la vitesse de la lumière, Anne se demandant quelle parole magique elle avait trouvée pour que, par miracle, ils lui obéissent au doigt et à l'œil.

— Antoine, je compte sur toi pour m'aider pendant le dîner, ce soir. Je ne veux pas être la seule à me lever, à servir, à desservir. Moi aussi je voudrais profiter un peu de la soirée.

Une petite voix appela depuis le bout du couloir :

— Maman, ça fait déjà dix secondes et tu n'es toujours pas là...

— J'arriiiiiive ! cria-t-elle, posant son regard sur son mari pour vérifier qu'il avait bien entendu sa remarque précédente.

La Ritournelle

Antoine fit une mimique charmeuse, celle qui l'avait séduite, il y a près de quinze ans.

— Bien sûr, ma chérie, tu peux compter sur moi, lui confirma-t-il.

Anne ajouta :

— Et ne bois pas trop ce soir, c'est le jour J aujourd'hui pour « bébé numéro 3 ».

— Oh non ! Pour une fois que je ne conduis pas... On tentera le mois prochain.

Anne fit volte-face.

— Pardon ? Les piqûres, c'est moi qui les fais tous les jours depuis des semaines, donc non, pas le mois prochain.

— Et pourquoi pas demain matin ? Je serai plus opérationnel.

— On doublera !

— Entendu. Puisqu'il faut faire l'amour à heure fixe...

— Ce n'est pas moi qui exige ça.

— Oui, mais on a vu mieux niveau romantisme...

— On dirait que c'est *moi* la chieuse, l'empêcheuse de prendre du bon temps, alors que...

Anne se retint juste à temps. Dire que la défaillance était plus de son côté à lui n'allait rien arranger.

— On le veut tous les deux, ce bébé, non ?

Antoine se leva et déposa un baiser sur le front de sa compagne.

La Ritournelle

— OK, mon capitaine !

Depuis leur chambre les deux enfants appelèrent en chœur : « Mamaaaaaaaaaan ! » Anne les rejoignit. Ils avaient leurs airs malicieux.

— Tu en as mis du temps, Maman... Encore plus longue que le Père Noël ! On peut mettre nos pulls avec les rennes ? demanda Tom.

— D'accord ! dit Anne. Sur les épaules, par-dessus vos jolies chemises rouges.

— Comme une cape ?

— Exactement, c'est la fête après tout ! Par contre ne dites pas que c'est Papy Christian qui vous les a offerts...

— Pourquoi ?

— Vous avez déjà vu un dragon qui crache du feu ?

11

18 h 15

Dehors, la pluie avait cessé. Le ciel restait chargé et lourd. On était loin du refroidissement attendu.

En cuisine, Anne et Antoine tartinaient les toasts pour l'apéritif. Anne avait définitivement perdu l'appétit, écœurée par toute cette nourriture qu'il fallait encore préparer.

Le pire était l'apéritif où chacun se jetait sur les petits-fours comme si leur vie en dépendait. Et puis, il y avait les traditions propres à la famille Komaneski – les roulés jambon fromage de chèvre trop fort, les mini saucisses avec dés de gouda au cumin, ou encore la verrine guacamole crevette curry –, qu'on réservait à toutes les sauces, anniversaires, Nouvel An, Pâques, 15 août, été comme hiver. On s'éloignait de l'esprit de Noël avec ces recettes, même s'il y avait un renne sur leurs piques apéritifs.

La Ritournelle

À croire qu'ils oubliaient tous qu'il y avait un repas après les amuse-bouche ! Et pas des moindres, le repas, puisqu'on enchaînait foie gras et saumon, poularde et patates, fromages et bûche glacée. Il ne fallait pas s'étonner que tout le monde pique du nez à table.

— Tu ne te changes pas ? demanda Anne à son mari.
— Bah, ça y est.
Elle le détailla de la tête aux pieds.
— J'ai mis une chemise, insista-t-il.
— Ah oui pardon, sous le gros pull, je n'avais pas vu. Et tu ne veux pas enlever ta doudoune sans manches ? Tu la mets trois cent soixante-quatre jours par an… Pour Noël, ça m'aurait fait plaisir de voir une différence…

Mais lui, Antoine, voyait une différence. Il avait d'ailleurs passé vingt-cinq minutes dans la salle de bains, à se regarder sous toutes les coutures, à prendre la pose devant le miroir et à lâcher des « Pas mal ! Pas mal ! » convaincus. Sa crème de jour appliquée du plat des phalanges en petits mouvements circulaires, sa pince à épiler qui tirait deux poils de nez, et sa barbe de trois jours plus très nette au niveau du cou et de la pomme d'Adam. Mais elle faisait son petit effet : déjà il avait l'air plus viril, plus mature, moins maigre ou fatigué. D'ailleurs depuis qu'il avait une barbe, il avait été promu chef. CQFD. Et la touche finale : Antoine s'était aspergé généreusement de son parfum séducteur.

La Ritournelle

Tous ses amis s'accordaient pour le dire sympa, drôle, boute-en-train, décontracté, bon vivant, ce dont témoignait la bedaine qui pointait un peu plus chaque jour sous sa doudoune informe depuis qu'ils essayaient d'avoir un troisième enfant. Seul le chocolat calmait ses angoisses.

Unique ombre au tableau, son front qui gagnait du terrain, à moins que ce ne fussent ses cheveux qui reculaient devant l'adversité. La guerre des Golfes. Antoine n'était pas chauve, mais il n'était pas dupe non plus. C'était désormais une question d'années, voire de mois. La génétique n'était pas de son côté : son père avait lui aussi cette implantation dégarnie. Antoine aurait simplement souhaité que ce ne soit pas si précoce. Désormais, il se surprenait à scruter les fronts des hommes autour de lui ; c'était la première chose qu'il vérifiait ; et sur l'oreiller aussi, il comptait les cheveux perdus après la nuit. La pression qu'il se mettait pour agrandir la famille ne faisait qu'accroître l'étendue du problème capillaire. Et quand il était stressé, l'envie de fumer revenait. Lui, qui avait arrêté à la première grossesse d'Anne, était désormais pris d'envies irrépressibles, surtout lors des dîners, avec un verre à la main.

Antoine, la bouche pleine, grommela :

– Ça m'angoisse cette soirée ! Ta famille déjà, en règle générale, bon... Mais là, avec mon père en plus.

– Ne m'en parle pas.

La Ritournelle

— J'espère, au moins, que les garçons seront contents de leurs cadeaux... Ils sont habillés ?
— Oui, tu vas voir comme ils sont beaux... Tom ! Léo ! appela Anne.

Lorsqu'ils arrivèrent, la mâchoire d'Antoine se décrocha de stupéfaction. Il n'était pas sûr de reconnaître ses fils. Il ne les avait jamais vus aussi « enfants modèles », avec leur chemise bien repassée et leur pull de Noël sur les épaules, leurs cheveux mouillés et peignés, tout débarbouillés, dents propres, avec chaussons aux pieds et sourire aux lèvres. C'était presque trop beau pour être vrai. Si cela n'avait pas été le réveillon, leur père aurait suspecté un mauvais coup en préparation. D'expérience, leurs frimousses d'anges réservaient toujours une surprise.

Surtout qu'en ce moment ils étaient dans une forme olympique.

Léo, le petit dernier, était dans sa phase cleptomane, ou farceur, selon le point de vue, prenant un malin plaisir à cacher les affaires des uns et des autres. À l'école aussi, il s'était fait remarquer. Il s'ennuyait tellement qu'il cherchait toujours une bêtise à faire. Il avait récemment profité d'une fausse pause pipi pour dévorer tous les goûters de ses camarades, qui restaient le soir à la garderie alors que lui non. Du haut de ses 3 ans, il avait également réalisé une magnifique peinture rupestre grandeur nature chez Nadine, sur le mur

La Ritournelle

fraîchement repeint de son salon. *Quelle idée aussi de laisser les pots de peinture et les pinceaux accessibles.* Et puis, il prenait un malin plaisir à se cacher, partout, tout le temps, et à cacher les affaires des uns et des autres.

Quant à son fils aîné, Tom, il aimait inventer des histoires improbables pour lesquelles il jurait que c'était vrai. Même quand le directeur de l'école primaire insistait lourdement pour savoir si vraiment son petit frère avait la lèpre, il ne se démontait pas et ajoutait des détails si précis qu'on se surprenait à y croire.

Anne s'agenouilla à hauteur de Léo et prit ses deux fils par la main. C'était l'heure des recommandations. Elle rappela les trois règles simples pour la soirée :

– Premièrement, *Jacques a dit* Politesse. « Bonjour », « s'il te plaît », « merci », notamment au Père Noël, et « au revoir ». Et on fait un bisou pour dire bonjour, même toi, Tom, c'est Noël, tu prends sur toi.

Le garçon soupira.

– Deuxièmement, *Jacques a dit* On se tient. On ne se jette pas sur la nourriture comme si on n'avait rien mangé depuis deux mois. On fait attention à ne rien casser, à ne pas se tacher. On ne crie pas, on ne se tape pas, on ne se dispute pas… continua-t-elle, en se rendant compte qu'elle demandait vraiment l'impossible à ses enfants. Et surtout, Léo, on ne pique pas les cartes bleues, hein ? Les bleus, les dorées, les cartes

La Ritournelle

vitales, d'identité... Bref, on est sage et patient, jusqu'à minuit. OK ?

Tous les deux hochèrent la tête, comme le petit chien à l'arrière de la voiture.

– Troisièmement, *Jacques a dit* On ne dit pas tout ce qu'on pense : pas de « tu sens mauvais de la bouche », pas de « je n'aime pas ce cadeau », pas de « je préférais l'autre Mamie ». Entendu ?

– On doit mentir alors ? demanda Léo.

– Oui, tu fais comme les adultes, assura Tom.

– Exactement, acquiesça Anne, avant de s'apercevoir de la bizarrerie de la remarque.

Les deux enfants se regardèrent, complices, et filèrent dans leur chambre. Puis, Léo chuchota à son frère :

– Maman, elle n'a pas dit *Jacques a dit* On n'a pas le droit de faire des bêtises... ?

– Oui, j'ai remarqué aussi... confirma Tom.

De retour dans la cuisine, Anne et Antoine continuèrent à tartiner. C'était sans fin. D'autant qu'il y avait un péage au niveau d'Antoine : pour deux toasts achevés, un toast avalé.

– Arrête de manger tous les petits-fours, on n'avance pas, là...

La sonnette de la porte retentit. De surprise, Anne s'entailla le doigt.

– Ce n'est pas vrai ! éclata-t-elle en regardant la coupure qu'elle venait de se faire. Déjà ?

La Ritournelle

La sonnerie insista. Ils rivèrent leurs yeux sur la pendule. 18 h 35.

– Je n'y crois pas... Quand on dit 19 h 30, ce n'est pas une heure avant ! On est dans l'jus, on est dans l'jus, moi je te dis ! Et en plus je me blesse. Va voir qui c'est, Antoine, s'il te plaît, je mets un pansement et j'arrive.

Antoine passa un œil dans le judas.

Des breloques clinquantes dorées aux oreilles, des cabas énormes, comme si elle avait prévu de s'installer définitivement chez eux, ce qui était toujours l'une des angoisses d'Antoine quand il la voyait débarquer.

– Un de nos invités. Devine lequel ?

Anne soupira.

– Je ne vois qu'une personne pour oser se pointer avec plus d'une heure d'avance.

– Bingo ! chuchota-t-il, surpris que l'ego surdimensionné de Nadine lui ait permis d'arrêter de bouder. On lui ouvre ou pas ?

Anne regarda autour d'elle. Les petits-fours n'étaient pas prêts. Le champagne à peine mis au frais. La suite n'était pas lancée... C'était la catastrophe.

– Quelle question... maugréa-t-elle en se hissant sur la pointe des pieds pour attraper la trousse à pharmacie. Bien sûr qu'on lui ouvre ! Elle ne pourra pas croire qu'on est partis faire un tennis le 24 décembre.

La Ritournelle

Un pansement dans une main, suçant sa coupure de l'autre, elle ajouta :
— Je crois que j'aurais mieux fait de me sectionner le doigt.

12

18 h 30

Nadine et son brushing « Catherine Deneuve » firent une entrée magistrale. Les bras ouverts, les épaules en arrière, avec des derbies talonnettes noires vernies, un costume cintré couleur corbeau et une chemise blanche impeccable, elle faisait très « Festival de Cannes » des grands jours.
Anne tenta d'embrasser sa mère qui lui tendit, non pas sa joue, mais son sac à main.
– Sympa ton petit côté « hôtesse de l'air », ma fille. Ce n'est pas très Noël, mais ça doit être confortable...
Nadine se tourna ensuite vers Antoine. Elle scruta longuement son gendre, au point où celui-ci se sentit obligé de repasser la main dans ses rares cheveux pour rabattre quelques mèches vers l'avant.
– Ah, tu as mis ton pull du week-end ? Tu l'aimes bien celui-là !

La Ritournelle

Regard d'Anne, « Tu vois ! », alors qu'elle s'essuyait les mains sur son tablier.
Dans l'appartement, la température chuta d'un coup. Anne frissonna.
– Tu as ouvert une fenêtre, Antoine ? s'étonna-t-elle.
– Non, c'est juste « Terminator » qui vient d'arriver, chuchota-t-il.
– Il fait un froid glacial, dit-elle en grelottant. Dire qu'on va manger... Oh mon Dieu, la bûche ! J'ai oublié de la sortir du congélo.
– Que dis-tu ma chérie ? dit Nadine en tendant l'oreille.
– Rien, Maman ! dit-elle en repartant dans la cuisine.
Quand elle pénétrait dans une pièce, Nadine ne passait jamais inaperçue. C'était toujours théâtral. Son entrée s'accompagnait d'une certaine mise en scène, pour le public, pour la beauté du geste, pour mettre en avant l'effort que cette apparition avait coûté. On était à deux doigts d'applaudir pour arrêter le spectacle.

Sur la commode, Nadine attrapa le cadre coquillages qu'Antoine avait ressorti du placard aux horreurs et le scruta. Sur la photo, sa fille, son gendre et ses petits-enfants posaient aux côtés de... son ex-mari. Papy Christian. La photo était récente. Son sourire lui fut insupportable. Qu'il ose faire le paon, « moi le meilleur

La Ritournelle

grand-père du monde », quand elle avait dû élever leurs trois enfants seule, parce que Monsieur préférait profiter de la vie sans eux. Tout cela lui restait en travers de la gorge.

Depuis le divorce, Nadine n'avait plus qu'une obsession, Christian. Elle l'avait dans le viseur, du soir au matin, jours fériés compris. Toutes les conversations tournaient autour de ce « lâche », de ce « menteur », de ce « traître », de ce « bedonnant », de ce « vieux croûton », ou de sa « nouvelle greluche », qui n'était d'ailleurs « pas si jeune et pas si belle », si on y regardait de plus près...

Nadine en avait commis des mesquineries contre son ex-mari. À annuler le séjour au zoo qu'il devait passer avec la famille d'Anne. À brûler par inadvertance le faire-part de remariage, à égarer le doudou préféré de Léo, offert par Papy Christian, seule affaire qu'elle ait bizarrement jamais perdue.

Anne avait d'abord espéré que son père retiendrait les foudres de sa mère, que leur divorce serait, secrètement, son salut. Mais à défaut de les canaliser, Christian avait joué le rôle de catalyseur. En effet, le comportement de Nadine ne s'était pas amélioré au cours des dernières années et elle rejetait désormais sa bile sur tout le monde.

D'un air détaché, elle demanda :
– Tu vois ton père pour Noël ?

La Ritournelle

– Oui, demain midi.
– Bon courage, dit-elle en retournant le cadre, face contre terre, afin de ne plus voir le bonheur de son ex-mari. Je parie qu'il va encore vous offrir une horreur !

13

18 h 41

Toujours aussi peu à l'aise en présence de sa belle-mère, Antoine cherchait à se donner une contenance.
— Je vous débarrasse, Nadine ?
— Non, je garde mon manteau, il fait toujours froid chez vous.
— Je parlais de vos paquets.
Nadine était venue avec deux grands sacs réutilisables et un isotherme.
— Pas celui-ci, dit-elle en s'accrochant à ce dernier.
Antoine déchargea Nadine de ses cabas remplis à ras bord. Une fois délestée, elle déambula dans l'entrée, toucha le nain sur la commode, et tourna les talons.
— Je parie que le champagne n'est pas frais ! dit-elle en fonçant vers la cuisine.
Anne s'était remise à préparer les toasts.

La Ritournelle

— Non, effectivement, Maman, tu nous as pris de court. Mais si tu étais arrivée à l'heure...

Nadine empirait avec le temps. Non seulement elle arrivait en avance, mais elle passait désormais à l'improviste et se permettait de commenter l'état de la maison : « Un mardi soir ! À quoi cela doit ressembler en fin de semaine !? » Elle s'invitait chez eux, s'incrustait sur le canapé et mettait un couvert de plus, quitte à faire manger la petite famille avant le retour du travail d'Antoine. Elle avait un avis tranché sur tout : « La cantine ? Franchement, vous pourriez vous organiser pour les récupérer le midi. Surtout toi, Anne ! Tu as beaucoup de clients qui viennent t'acheter des fleurs entre 12 heures et 14 heures ? Moi, j'arrivais à trouver des solutions... »

Bien avant son divorce, Nadine avait élevé seule ses trois enfants, tout en étant la patronne du salon de coiffure. C'était une commerçante respectée et crainte aux réunions mensuelles des commerçants. Fan de décoration, elle avait imposé dans son salon de coiffure un écran géant – payé par les augmentations qu'elle n'avait pas accordées à ses salariées –, qui passait en boucle des émissions de déco américaines mal doublées. Malheureusement pour la patronne, ses goûts et ses choix n'étaient pas ceux de tout le monde. Des clientes s'étaient plaintes, expliquant qu'elles venaient pour se relaxer, pas pour entendre du bruit ou regarder des

La Ritournelle

écrans qu'elles évitaient chez elles. L'écran géant avait donc fini chez Nadine.

– Bon, en attendant le champagne, où sont donc mes petits-enfants adorés ? demanda-t-elle.

– Attends, Maman, il faut qu'on cache tes paquets d'abord ! Les enfants ne savent pas et ne doivent pas savoir, c'est important. Il faut garder un peu la magie pour eux. C'est peut-être la dernière année pour Tom.

Antoine passa une tête dans la cuisine.

– Où on met tout ça, chérie ?

– Dans notre chambre, derrière le lit, sous le plaid, dit Anne qui avait le tournis devant la quantité astronomique de cadeaux.

Puis, se dirigeant vers l'antichambre du Père Noël, il grommela :

– On aurait pu directement les mettre dans le placard aux horr... !

14

18 h 55

Antoine revint. Les cadeaux rangés, le pull du week-end ôté, la doudoune sans manches aussi. On voyait enfin sa belle chemise.
Nadine observa attentivement la silhouette qui s'offrait à elle :
– Oh mon Dieu !
– Quoi ? Qu'est-ce qu'il se passe ? s'inquiéta Antoine.
– Tu nous fais une grossesse nerveuse ? ironisa-t-elle, en lui tapant amicalement sur le ventre.
Vexé, Antoine lissa sa chemise du plat de la main.
– Les enfants, venez dire bonjour à votre grand-mère préférée, appela Nadine, d'une voix mielleuse.
– Facile, ils n'en ont plus qu'une maintenant...
– Sans vouloir insulter la mémoire de ta mère, Antoine, j'ai toujours été leur super Mamie.
– Si vous le dites...

La Ritournelle

Derrière eux, les deux garçons arrivèrent calmement. C'était vraiment un jour exceptionnel, eux qui étaient habitués aux dérapages, aux bagarres dans le couloir, aux sprints et autres réjouissances.
– C'est le Père Noël ? demanda Léo, surpris. Ah non, c'est Mamie...
– C'est quand qu'il arrive ? continua Tom.
– À minuit, heure du four.
Nadine les prit dans ses bras.
– Mais dis donc, vous avez encore grandi !
– On sait... soupira Léo. Tu nous le dis à chaque fois !
– Il va falloir arrêter de manger de la soupe, les enfants, vous allez bientôt toucher le plafond...
– Maman ! la rabroua Anne d'un regard noir.

Cela faisait des mois qu'elle négociait avec ses deux terreurs pour qu'ils daignent goûter des légumes verts, usant de pâtes de légumes, de tempuras de basilic, de purée pommes de terre carottes, et l'étape d'après était enfin la soupe, qui ne passait toujours pas. Ça, ils les mangeaient les vermicelles et les lettres de l'alphabet, mais pas le potage...

Nadine fronça les sourcils. Elle avait le don pour retourner toute situation à son avantage.
– Tu ne mets pas les boucles d'oreilles que je t'ai données ?
– Je n'ai pas eu le temps, Maman... dit-elle.

La Ritournelle

– Va les mettre, ma chérie, et profites-en pour t'arranger les cheveux et le teint : tu as une petite mine. Tu as tes règles ?

Antoine, qui revenait demander à Anne où elle avait rangé les ciseaux, fit aussitôt demi-tour. Trop d'intimité mère-fille d'un coup. Et puis, avec cette discussion, on risquait de glisser vers la pente savonneuse du troisième enfant.

– Je te passerai ma crème anti-affaissement, ma chérie. Elle ne fait pas de miracle, mais ça ne fera pas plus de dégâts.

Anne s'échappa vers la salle de bains, le seul endroit où elle pourrait être seule. L'apparence était essentielle au bonheur de sa mère.

Nadine resta converser avec ses deux petits-fils.

– Ils sont beaux vos pulls, dis donc !

– Oui, s'enthousiasma Léo, c'est Papy Christian qui...

– Chut, il ne fallait pas le dire ! le rabroua son frère.

– Je croyais qu'on n'avait pas le droit de mentir.

– Si. Ce soir, on a le droit.

– Moi, je comprendrai jamais rien...

15

19 h 22

Anne s'était enfermée dans la salle de bains. Devant son miroir, elle écarquillait les yeux et tirait sur les poches qui cerclaient désormais ses orbites. Elle avait effectivement une petite mine. Anne détestait les miroirs. Elle ne jetait qu'un rapide coup d'œil dans celui de sa salle de bains ou de l'ascenceur, uniquement pour s'assurer qu'elle était présentable avant de sortir de l'immeuble. Sans la possibilité de voir leur reflet, certains prisonniers ont parfois l'impression de ne plus être tout à fait vivants, plus certains d'exister vraiment. Sensation qu'Anne éprouvait régulièrement. Le sentiment d'être là, sans tout à fait l'être. Ce soir-là, dans sa salle de bains, elle se trouva triste dans sa robe trop blanche. Elle mit quelques gouttes de son parfum au creux de ses poignets. Avec lui, elle était un peu plus sûre de son courage. Et de sa présence.

La Ritournelle

Au loin, Nadine continuait de discuter à travers la porte.
– Tu sais, ma chérie, les perles, si on ne les porte pas, ça meurt. Tu ne voudrais quand même pas que ton arrière-grand-mère se retourne dans sa tombe.
Je vais me l'emplafonner.
Léo passa une tête dans la salle de bains et vint se lover dans ses bras.
– Tu sens bon, Maman.
– Merci, mon cœur.
Ils restèrent ainsi pour un tendre et long câlin.
– Maman, j'ai peut-être dit quelque chose à Mamie, que je n'aurais pas dû...
– Je suis sûre que ce n'est rien. Et puis, Mamie est une adulte. Ne t'inquiète pas.
Elle le serra plus fort encore.
– Oh, je resterais bien cachée avec toi, pour toute la soirée. On est bien là tous les deux.
– Tu vois que tu aimes bien te cacher... Comme moi !
La voix d'Antoine l'arracha à sa douceur maternelle.
– Anne ! Tu peux venir ? Je ne trouve pas le plaid...
Puis, une seconde voix, plus aiguë, continua à soliloquer.
– Ça me déçoit beaucoup de ta part, ma chérie, que tu invites un étranger à notre réveillon. Et ce qui m'attriste encore plus ce sont les mots très durs que tu m'as dits tout à l'heure au téléphone. Tu t'excuses

La Ritournelle

quand tu veux, Anne Komaneski. Notre soirée n'en sera que plus sereine une fois que ce sera fait.

Anne fit un long baiser à son fils, retardant encore le moment de retourner dans l'arène.

De son côté, Nadine, profitant de l'absence d'Anne, était repartie dans l'entrée. D'un petit coup de coude, elle poussa le cadre photo avec son ex-mari et le fit tomber entre le mur et le côté de la commode.

Allez ! Sept ans de malheur à lui et à sa greluche !

Un grand bruit se fit aussitôt entendre. Anne sortit en trombe de la salle de bains. Ses yeux cherchèrent les deux fautifs habituels, Tom et Léo – qui cette fois étaient absents –, puis posa son regard sur Nadine qui n'avait jamais paru aussi innocente. Anne souffla d'exaspération puis alla chercher l'aspirateur. Quand le bruit blanc démarra, elle ferma les yeux, se recréant une bulle, oubliant l'existence de sa mère, de son beau-père et de tous les autres qui allaient sonner d'ici peu. Lorsque Anne les rouvrit, sa mère, accoudée à la commode, avait retrouvé de sa superbe :

– Après, on ne peut pas dire que cette photo soit très réussie : il a pris vingt ans, ton père, depuis qu'il m'a quittée... Un vrai Pépé !

16

19 h 10

La première fois qu'elle avait reçu toute sa famille, Anne avait ressenti une certaine fierté. Sa mère lâchait enfin la bride et lui accordait sa confiance pour reprendre le flambeau du réveillon. C'était il y a trois ans. Juste après la naissance de Léo.

Nadine en avait fait des Noëls, des réceptions réussies, et depuis que sa fille aînée avait pris le relais, elle remarquait quelques relâchements qui nuisaient à sa vision de la magie de Noël. Et cette magie, elle y tenait.

Nadine arrivait en avance, supposément pour donner un coup de main, mais elle n'aurait jamais pris le moindre risque d'abîmer sa manucure faite spécialement pour l'occasion. En rouge laqué. La tradition, c'était la tradition.

La Ritournelle

Et puis, elle voulait arriver la première pour marquer son territoire. Être là avant cet « abruti de Patrick ». Pour qu'il ne se sente pas trop chez lui, à son aise. Il était toléré, pas invité.

Ça lui laissait par ailleurs le temps de reprendre la déco de la soirée. Laissée seule dans le salon, Nadine en avait profité pour faire les choses à son goût, à l'aide des décorations qu'elle avait apportées. Sur la nappe, trois soldats de bois, un chemin de table, quelques bougies, une guirlande lumineuse sous cloches et une famille de rennes joufflus avaient évincé les branches d'eucalyptus, baies rouges et autres fleurs fraîches qu'avait pris soin de composer Anne pour l'occasion. Exit la table aux harmonies naturelles, Nadine avait tout remplacé en bordeaux et or. Le thème, c'est le thème.

Le sapin n'y avait pas échappé non plus : de grosses sphères transparentes furent ajoutées et le malheureux pencha encore davantage. Nadine fit une moue sceptique : jamais le sapin ne tiendrait debout toute la soirée, elle aurait mieux fait d'apporter son trépied à elle.

Elle chaussa ses lunettes et commença à déchiffrer le plan de table orchestré par sa fille quand Anne la rejoignit dans le salon.

– Maman, tu n'y touches pas, s'il te plaît. Ça m'a pris des heures ! dit-elle avant de filer en cuisine retrouver son mari.

La Ritournelle

– Antoine, tu peux rester auprès de ma mère, s'il te plaît. Ça ne me rassure pas de la savoir seule. Elle est comme Léo, quand elle s'ennuie, elle fait des bêtises.
– Mais elle va voir que je l'espionne.
– Tu n'as qu'à faire *semblant* de mettre de la musique. Du jazz, du classique, ce sera très bien. Mais, surtout pas ta soupe de chants de Noël !

Nadine s'arrêta devant le grand miroir du salon. Il lui faisait un teint verdâtre. Avec un bout de sa manche, elle frotta une trace sur la glace. Voilà qui était mieux.

Antoine arriva au moment où sa belle-mère, deux chevalets dans les mains, terminait de refaire le plan de table à sa convenance.

– Vous avez tout ce qu'il vous faut, Nadine ?
– Tutoie-moi, bon sang, je te le dis chaque fois, Antoine !
– Je ne préfère pas.
– Tant que tu restes poli et courtois, tutoiement ou vouvoiement, ça ne change pas grand-chose…
– Justement… la regarda-t-il, droit dans les yeux, avec un petit sourire en coin.

À cet instant précis, on sonna à la porte. 19 h 30. Pile.

Anne leva des yeux étonnés. Dans sa famille, la ponctualité et la précision n'étaient pas de mise. Ça ne pouvait être qu'une personne.

Patrick, son beau-père.

La Ritournelle

Une véritable horloge suisse. La précision d'un fonctionnaire qui pointe.
— Déjà ? s'indigna Nadine en collant son œil dans le judas. Il ne connaît pas le quart d'heure de politesse, celui-là.
— C'est l'hôpital qui se fout de la charité ? souffla Antoine à l'oreille de son épouse.
— Non, elle est très sérieuse : rappelle-toi qu'elle se sent ici chez elle.
Antoine rejoignit sa belle-mère dans l'entrée.
— Il va nous gâcher la soirée, cet abruti ! dit-elle, scrutant toujours à travers l'œilleton.
— Nadine, il s'agit de mon père... dit Antoine en levant les yeux au ciel.
— Et ? Les chiens ne font pas des chats... De toute façon, les hommes sont tous les mêmes, ils ne respectent rien, ni personne. Encore moins leur épouse. Alors fais attention, Antoine, je t'ai à l'œil ! Je vois bien comment tu regardes les belles femmes...
— Vous parlez de qui ?
Nadine lui lança un regard entendu, suivi d'un sourire sans équivoque.
Antoine la détailla à nouveau. Nadine était maquillée comme une voiture volée. Réminiscence de ses jeunes années de coiffeuse esthéticienne où, entre forcer les yeux et la bouche, on ne choisissait pas. Elle était particulièrement apprêtée ce soir, à croire que la présence

La Ritournelle

d'un autre sexagénaire suffisait à réveiller un certain esprit de compétition.
Nadine poursuivit.

– Je sais bien qu'Anne se laisse aller, mais ce n'est pas une raison pour partir avec une midinette sous le bras ! Une midinette ou une plus âgée... Tu sais qu'un gamin de ton âge m'a fait du gringue l'autre jour. C'est que j'ai encore la cote ! On ne dirait pas comme ça, mais...

– Non, on ne dirait pas...

Anne les rejoignit et s'épousseta. Nadine attrapa abruptement sa fille par le bras.

– En tout cas, si Patrick m'attaque, je te préviens, Anne, et je suis sincèrement désolée pour Antoine – sa voix laissait entendre qu'elle ne l'était pas du tout –, je lui soufflerai dans les bronches. Esprit de Noël ou non !

17

19 h 30 et cinq secondes

Patrick et sa fine moustache pénétrèrent sans aucune cérémonie. Pas de cadeaux, ni de fleurs, ni de dessert, juste sa présence en guise de présent.

Longue tige de fil de fer, sans l'esquisse d'un sourire, une allure d'inspecteur de police IGS à qui il ne manquait qu'une voiture des années 70. Sa Renault était d'ailleurs garée au pied de l'immeuble, de façon à pouvoir vérifier régulièrement que des fêtards éméchés ne s'en prenaient pas à elle.

Patrick avait patienté près de dix minutes dans l'habitacle, sur le parking, attendant l'heure. Il n'aimait pas être en retard, il n'aimait pas non plus que les autres le soient.

L'immeuble de cinq étages, style HLM, n'était pas tout à fait engageant. La fois précédente, un four à micro-ondes avait volé lors d'une querelle de voisinage.

La Ritournelle

« Il y a des tarés partout, avait sobrement commenté Antoine, ni plus ni moins ici qu'ailleurs. »

Patrick n'aimait pas non plus arriver le premier. Aussi, quand les chiffres digitaux avaient indiqué 19 h 28 sur le cadran de sa voiture, il s'était mis en branle, extirpant lentement son corps de la carlingue et déroulant sa foulée avec la lenteur d'un pendu qui va à l'échafaud.

Mais tout valait mieux que de réveillonner seul. Même s'il fallait supporter Nadine et sa famille de délurés. Son fils Antoine, ses petits-enfants et Anne valaient la peine d'essayer.

Il avait passé le vestibule, appelé l'ascenseur, il était monté dans cette boîte en fer qui avait tout d'un cercueil vertical et s'était présenté devant la porte, une minute avant l'heure dite. Il avait attendu, fixant la trotteuse de sa montre. Au moment exact où elle chatouillait le 12, il avait appuyé sur la sonnette.

Se tenant bien droit sur le paillasson, le temps fut long avant qu'on ne lui ouvre enfin.

Antoine le fit entrer, l'embrassa et le débarrassa de son manteau. En découvrant la tenue du nouveau venu, Nadine écarquilla les yeux et lança un regard sévère à sa fille, qui préféra retourner auprès de ses pommes de terre.

Nadine avait toujours été très à cheval sur l'étiquette. Et même si elle ne portait pas Patrick dans son cœur,

La Ritournelle

elle avait fait un effort vestimentaire tout particulier, puisque *apparemment* on invitait hors de la famille.

En cuisine, Nadine persifla à l'oreille de sa fille, qui s'évertuait à finir le gratin, son mari ayant oublié d'acheter les pommes dauphine qui leur auraient pourtant épargné une préparation de plus.

– Non, mais tu es d'accord, Anne : il fait vieux plouc ! Même sa montre, c'est du toc ! Et ça se dit « Haut Fonctionnaire », imita-t-elle. Mon œil, oui ! Moi qui croyais que, si on n'avait pas une Rolex à 50 ans, on avait raté sa vie. Qu'est-ce qu'on dit à 65 ans passés ?

Antoine pénétra dans la cuisine.

– Tu tombes bien ! Je sais qu'il a perdu sa femme l'an dernier, mais ça ne va rien changer de se laisser aller comme ça. Ce n'est pas un gilet, mais une guenille qu'il nous a mise. Un vrai déchet !

Antoine ne voulut pas savoir si elle parlait du tricot ou de son paternel.

– Nadine, je vous invite à sortir de la cuisine, comme vous le voyez on ne tient pas à trois dans la pièce. Ça sera plus confortable pour tout le monde. Je vous rejoins dans un instant.

Au moment où la belle-mère éconduite quittait la cuisine, elle croisa à l'entrebâillement de la porte Patrick qui voulait y entrer – décidément, ils s'étaient tous passé le mot pour investir la pièce la plus exiguë

La Ritournelle

de l'appartement. Nadine força sa sortie d'un coup d'épaule, bousculant Patrick sur son passage.
– La galanterie, vous connaissez ?

18

19 h 47

Sur le long canapé du salon, Nadine et Patrick étaient chacun assis à l'une des extrémités. Sans échanger un regard ni un mot. Ils s'ignoraient froidement, mutuellement indisposés par la présence de l'autre.

Nadine n'osait plus déambuler, son visage était fermé, crispé, et ses lèvres pincées. Patrick, droit comme un piquet, lissait son pardessus gris du plat de la main, et attendait.

Il régnait un silence de mort. À leur âge, on ne faisait plus semblant. Le fond musical choisi par Antoine ne réchauffait en rien l'atmosphère.

Les rares fois où Nadine et Patrick s'étaient croisés, l'animosité avait été immédiatement réciproque. Certains ont des coups de foudre, eux avaient eu un coup de croc. Ils avaient autant envie de se revoir que

La Ritournelle

de se planter une fourchette dans le gosier. Quoique, la planter dans le gosier de l'autre eût pu être distrayant.

– Vos amis ont annulé leur dîner ou uniquement votre invitation ?

Patrick ne répondit pas et sortit son téléphone portable. Nadine poursuivit.

– Et vous n'avez pas eu le temps de repasser chez vous pour vous changer après votre travail ?

Le sexagénaire avait mis un vieux gilet marron en laine. Le seul qu'il avait acheté lui-même, depuis le décès de sa femme quelques mois plus tôt, celle-ci ayant toujours pris soin de choisir ses vêtements.

Nadine le fixa de manière ostentatoire pour le faire réagir. Patrick ne répondit pas davantage. D'habitude, quand Nadine parlait, on l'écoutait et on acquiesçait. Elle avait un charisme naturel, qui imposait le respect malgré sa petite taille.

– Moi, c'était la folie hier au salon de coiffure. Tout le monde voulait être beau pour Noël. Vous n'avez pas eu envie de rafraîchir votre coupe ?

Patrick passa lentement la main dans ses cheveux clairsemés pour replacer sa longue mèche transversale sur son crâne chauve. Il lui jeta un œil par-dessous, et garda le silence. Nadine ne put s'empêcher de pianoter d'agacement de ses ongles rouges pointus.

Patrick l'observa de la tête aux pieds, sans retenue. Il était prêt à parier qu'elle était le genre de coiffeuses qui

La Ritournelle

shampouinait du bout des doigts pour ne pas abîmer ses mains. Du genre aussi à planter ses griffes dans le crâne.
— Vous ne répondez jamais quand on vous parle ?
— Pas pour ne rien dire.

Nadine aurait pu esquiver ce moment embarrassant et aller en cuisine discuter avec sa fille, mais pour rien au monde elle n'aurait cédé sa place près du radiateur à ce malotru. Elle était tout de même arrivée la première ! Intrigués par le silence inhabituel, les enfants sortirent de leur chambre.

— Le Père Noël est passé ? s'enquit Tom qui espérait avoir enfin la preuve de son existence cette année.
— Non, les enfants, répondit Anne depuis la cuisine. Mais venez dire bonjour à Papy Patrick qui est arrivé !

Les enfants rejoignirent leurs grands-parents dans le salon. Léo vint déposer un baiser entre les lunettes et la moustache de Patrick, Tom, lui, tendit son front. C'était le maximum qu'il pouvait faire, lui qui détestait les effusions d'amour, les épanchements excessifs ou autres débordements affectifs. Comme Patrick et Nadine d'ailleurs.

Tom observa longuement les deux sexagénaires, qui lui semblaient inhabituellement silencieux. Ça cachait sûrement quelque chose. Il se sentit obligé de rappeler les règles de la soirée.

La Ritournelle

– Vous savez, Papy et Mamie, il faut que vous soyez *très* sages et *très* polis ce soir, sinon le Père Noël ne passera pas pour vous !

Les enfants firent demi-tour et filèrent dans leur chambre, croisant Antoine qui revenait au salon auprès de ses deux convives avec une boîte pleine de sachets.

– Vous voulez un thé, une tisane, en attendant ?

– C'est festif, dis donc ! Et après on arrose le dîner avec du lait-fraise ? se moqua Patrick.

Il déclina, et Nadine hésita longuement, avant de choisir un sachet rouge et or. Antoine revint quelques minutes plus tard en apportant la tasse fumante accompagnée d'un petit carré de chocolat, délicate attention pour sa belle-mère. Les deux n'avaient pas bougé d'un iota.

– Et voilà, dit-il, impérial, comme s'il l'avait fait lui-même.

Antoine prit soin de chercher un récipient où Nadine pourrait déposer son sachet de thé après infusion. Pour satisfaire sa belle-mère – et donc sa femme –, il était prêt à tout.

Nadine but deux gorgées, grimaça et reposa sa tasse très loin devant elle, laissant le sachet de thé détrempé sur la table.

– Humm, je m'attendais à ce qu'il soit plus « fruits rouges ».

La Ritournelle

– En même temps, le Lapsang Souchong n'est pas vraiment connu pour son goût fruité. C'est plutôt fumé, comme une...

Antoine revint au salon au moment où Patrick s'adressait à Nadine :

– ... Grosse saucisse de Morteau.

Nadine tourna la tête, vexée. Antoine déglutit.

19

20 h 15

Dans cette famille, tous habitaient sur un fuseau horaire différent. Anne avait insisté pour que ses invités soient ponctuels et arrivent en tir groupé. Comme à l'accoutumée, chacun sonna séparément, et à l'heure qui lui chantait.

Ce fut donc au tour de Lucie, qui s'excita sur la sonnette, immanquablement impatiente dans ses paroles et dans ses actes. Elle était, cette année encore, accompagnée d'un « Plus Un » dont personne ne prenait plus la peine de s'enquérir du prénom.

À peine entrée, la jeune sœur abandonna son sac et son manteau sur le sol, estimant que quelqu'un les ramasserait, ce en quoi elle n'eut pas tort : « Plus Un » se dépêcha de les accrocher au porte-manteau.

– Rappelle-moi, ça fait combien de temps que tu es dans notre famille, Antoine ? Dix ans au moins ? Et tu

La Ritournelle

fais toujours la bise à l'envers... dit la nouvelle venue, qui aimait attaquer avec une pichenette.

— Et toi, Lucie, rappelle-moi combien d'amours de ta vie tu m'as présentés en dix ans ? renvoya-t-il du tac au tac.

Elle lui fit un beau sourire d'hypocrite et lui tourna le dos, dans un mouvement qui réveilla ses cheveux longs non peignés, aux ondulations molles, sûrement entortillés du bout des doigts, doigts qu'elle n'avait jamais cessé de ronger depuis l'enfance.

Pour ce dîner de fête, Lucie arborait une salopette beige vaguement dorée en chanvre, et un débardeur blanc. Nadine la détailla de la tête aux pieds.

— Du chanvre, ma fille ?

Anne s'arrêta net et regarda sa mère, guettant une désapprobation inédite envers sa sœur.

Nadine poursuivit.

— Tu sais que c'est une matière noble... Ça te va très bien, la silhouette de Jane Birkin ou de Kate Moss. Et puis, tu as pris quelques kilos : tu es SU-BLIME !

Anne prit sa mère à part.

— Parce que sa tenue, c'est OK pour Noël, Maman ?
— Ta sœur, elle, est dans le thème. Rouge et or.

Du rouge ? Où ça ? Le rouge à lèvres ? Mais surtout, quel thème ? Fallait-il maintenant s'habiller sur commande comme pour Halloween ou pour le Carnaval ? Et puis, Nadine était en noir et blanc !

La Ritournelle

Sans attendre l'invitation d'Antoine à passer au salon et à se mettre à l'aise, Lucie et son ami entrèrent, s'assirent au centre du canapé, prenant machinalement la place qu'elle s'était toujours octroyée, la plus au centre.

– Et toi, tu es... ? demanda Antoine qui essayait tant bien que mal d'accueillir le nouveau venu avec un minimum d'intérêt et de politesse.

– Je suis le copain de Lucie.

Ah bah si c'est comme ça qu'il se présente, le « Plus Un ». On ne risque pas de faire de gaffes cette année.

– Antoine, tu viens m'aider en cuisine, s'il te plaît ? demanda Anne.

Dans la vie, on n'a qu'une seule occasion de faire bonne impression, et la première chose qu'on se disait en voyant le compagnon de Lucie, c'était qu'il avait une bonne tête de vainqueur. Avec son jogging irisé, assorti en haut et en bas, dans une jolie teinte vert pomme, ce grand machin maigre passait de justesse sous les portes. Sa bouche béante d'incompréhension du monde et son regard vide de merlan frit ne respiraient pas l'intelligence.

– Où est-ce qu'elle l'a pêché celui-là ? C'est de pire en pire ou c'est moi ? chuchota Anne.

– Non, je ne serais pas aussi catégorique. Il me faudrait un deuxième ressenti pour avoir un avis aussi tranché que toi...

La Ritournelle

Lucie salua Patrick d'un signe de tête, manifestant d'emblée une réserve quant à sa présence surprise. Elle sortit de sa poche un paquet d'amandes grillées bio qu'elle picora en mâchant fort.

– J'vous en propose pas, je prends des réserves pour le dîner le moins végétarien de l'année.

– Je ne suis pas granivore, merci bien, maugréa Patrick.

Anne retourna au salon. Sa mère lui lança un regard ardent. Elle avait les joues en feu.

– Anne, tu ne veux pas baisser le chauffage ? Il fait une chaleur à crever, chez toi. On va tous y passer, s'indigna-t-elle.

– C'est le but... marmonna Antoine.

20

20 h 25

La sonnerie de la porte retentit. Antoine et Anne s'arrêtèrent dans leur préparation.
– Ah ! Sauvés par le gong. On a eu les plus casse-pieds au début, maintenant, il ne nous reste que des gens que j'aime, dit Anne. Désolée pour ton père, mais c'est vrai ! Ce soir, je sens que je vais être particulièrement tendue. Ils ont tous l'air en pleine forme et, moi, mon mal de crâne monte à nouveau.

Ils se firent un rapide baiser puis rejoignirent l'entrée pour accueillir les derniers invités.

Depuis le salon, une voix peu commode se fit entendre :
– Antoine, je pense que le champagne est frais, non ? C'est quand même un comble de ne pas pouvoir trinquer avec sa fille ! Qu'est-ce qu'il faut faire pour être servie ? Coucher avec le maître de maison ? s'irrita Nadine.

La Ritournelle

– Sans façon… répondit l'intéressé.
– Je plaisante Antoine, je plaisante. Quoique l'autre jour, tu sais, un garçon à peine plus jeune que toi…
– Vous radotez, Nadine, vous me l'avez dit tout à l'heure.

Derrière la porte, la grand-mère et la tante se tenaient l'une contre l'autre, bras dessus, bras dessous, toutes souriantes. Deux visages qui réchauffèrent aussitôt le cœur d'Anne.

– Oh, Mémé, comme je suis contente de te voir, dit-elle en l'enlaçant tendrement.

Elle la garda longtemps serrée contre elle.

– Que tu sens bon ! Tu m'as manqué. On ne se voit pas assez. Ça va ?

– Ce n'est plus une question que l'on pose à mon âge. Et toi, surtout ? C'est très joli tes cheveux, comme ça. Et merci de nous recevoir encore cette année. Elle n'a pas été trop dure avec toi avant qu'on arrive ? dit-elle en lançant un regard vers Nadine.

– Égale à elle-même. Quand on parle du loup…

Nadine déambulait, montrant sa tenue impeccable et son corps parfait, puis donna de généreuses bises appuyées à sa mère.

– Maman, oh, un foulard corail ! C'est presque rouge, ça ! C'est festif. Allez, viens t'asseoir près de moi. On va pouvoir commencer l'apéritif !

La Ritournelle

— Tu as raison, Anne, elle est « en pleine forme » ! dit Mémé tout haut alors que sa petite-fille l'aidait à se défaire de son manteau.

— Moi je lui ai dit de vous attendre pour le champagne, mais vous connaissez Anne et le timing de son four... poursuivit Nadine.

Mémé fronça les sourcils et se tapota l'oreille :

— Qu'est-ce qu'elle dit ?

— Rien, Mémé. Un mensonge, comme d'habitude, raccourcit Caroline.

Puis, se tournant vers Anne :

— Dis donc, je ne sais pas ce qu'il a ton ascenseur, mais on n'a pas fait les fières avec Mémé, il s'est arrêté à tous les étages, alors qu'on ne lui en demandait pas tant...

— C'est toujours pareil le soir du réveillon. La voisine du dessous y a passé sa soirée il y a deux ans. Depuis, elle monte les quatre étages à pied !

— Là, je crois que c'étaient des jeunes qui s'amusaient.

Nadine embrassa sa sœur du bout des lèvres.

— Des cons pareils, il faudrait les fusiller.

— Toujours dans la demi-mesure ! s'amusa Caroline.

— Donne-moi ton manteau, Tata, proposa Anne.

— Attends, ma belle, je dois redescendre. J'en ai pour une minute.

La Ritournelle

Un quart d'heure plus tard, sa tante n'était toujours pas revenue. On vérifia dans l'ascenseur, dans la cage d'escalier, en bas sur le parking, mais elle n'était nulle part. Inquiet, tout le monde se rassembla dans l'entrée, à guetter son retour. Caroline, la dénommée « Tata Cartouche ». L'imprévisible de la famille.

21

20 h 45

Caroline était une bonne vivante. Dès qu'elle était en famille, ou avec des amis, elle aimait lever le coude et descendre les bouteilles. Ses meilleurs compagnons de table s'appelaient chably, quincy, vouvray. Incapable de rentrer dans la moindre case, elle n'avait pas de partenaire, pas d'enfants, pas de métier fixe : elle pouvait en changer aussi facilement que de coupe ou de couleur de cheveux.

Quand enfin on sonna à la porte, un « Aaaaah » de soulagement accueillit la retardataire. Elle n'était pas seule. Dans ses bras se lovait un gros bouledogue anglais.

– Désolée pour ce contretemps ! J'ai pensé à Mémé et oublié Pompette ! On n'allait tout de même pas la laisser seule à la maison, c'est Noël pour elle aussi.

La Ritournelle

– Tu feras attention, on a un canapé neuf... chuchota Antoine.
– Je suis sûre que ça lui ira très bien. Hein, Pompette, tu ne vas pas faire ta mijaurée ?

Elle déposa sa chienne qui fit deux pas avant de se laisser glisser sur le ventre et ne bougea plus d'un iota, affalée en plein milieu du passage, entre l'entrée et le salon. Au moins, elle ne s'appropria pas un des fauteuils, qui n'étaient déjà pas en nombre suffisant pour accueillir tous les convives.

Anne, en maîtresse de cérémonie, lança la soirée :
– Alors, on va pouvoir ouvrir les hostil... les festivités ! Tout le monde au salon, qu'on trinque au plaisir d'être ensemble ! On se dépêche, il est déjà 21 heures. Vous me reprochez chaque année la cuisson de la volaille, mais personne n'arrive à l'heure. Le chapon n'attend pas !
– Je croyais que c'était une poularde ?
– Oui, je le croyais aussi ! dit Anne, en lançant un regard lourd de reproches vers le responsable des courses.
– Ils n'en avaient plus ! se défendit Antoine, en fixant ses pieds.
– Sûrement... Allez, installez-vous confortablement, on arrive avec les petits-fours.
– On ne trinque pas d'abord ? demanda Caroline.
– Ah oui, les mouettes ont pied ! confirma Nadine, qui avait soif depuis son arrivée précoce et son unique gorgée de thé.

La Ritournelle

– C'est marée basse ici aussi... ajouta Patrick en regardant le fond de son verre, dépité.
– Ça arrive, un instant ! cria Anne depuis la cuisine, en sortant le champagne du réfrigérateur. Antoine, tu viens m'aider avec les coupes, s'il te plaît...
– Ne bouge pas, j'y vais, dit Caroline.

Des cheveux courts, peroxydés, des lunettes contour noir épais, une voix gouailleuse, éraillée par tant d'années de gitanes sans filtre, Caroline était l'alliée de la famille sur qui Anne pouvait compter pour temporiser, neutraliser, voire recadrer sa mère quand elle se montrait dure avec elle. Le genre d'adulte sans progéniture, qui restait du côté des enfants, même une fois devenus grands.

Caroline pénétra dans la cuisine, au moment où sa nièce était en train de ranger un vase. Ce soir encore, il resterait vide.

Anne sortit un grand plateau et reprit le compte des flûtes à champagne.

– Tiens, je croyais qu'on était onze, mais en fait non. On est dix.

– Anne, je suis désolée, on est arrivées en retard avec Mémé, et puis après avec Pompette, je n'ai vraiment rien arrangé. Pardon ma belle. Mais tu sais, je croyais que c'était chez ta mère ce soir : c'est elle qui envoyait toutes les infos. Comment pouvait-on deviner que le réveillon était chez toi ?

La Ritournelle

— Moi aussi, j'ai été surprise d'apprendre ce matin que ça n'était pas chez elle. On était pourtant prêts à y aller ! J'y ai vraiment cru, cette année !

— Elle n'a pas fait ça !? s'arrêta net Caroline, la main sur la bouche. Elle ne s'arrange pas avec les années. Il y en a, passé 60 ans, ils deviennent cons. Elle, elle l'a toujours été.

Comment deux sœurs peuvent-elles être si différentes ? s'étonnait Anne, chaque fois qu'elle voyait sa tante.

— En tout cas, ce sera une belle soirée, comme les années précédentes !

Puis désignant Patrick du menton, Caroline poursuivit.

— Et alors, celui-ci, comment on l'a récupéré ? SPA ? Sans Patrie ni Ami ? Tu es vernie, toi, ce soir, avec tes deux boulets…

Anne laissa échapper un rire. Cela lui faisait du bien d'avoir quelqu'un à ses côtés.

— Et parlons maintenant des choses essentielles : ils sont où mes neveux préférés ? demanda Caroline. Tom ? Léo ? Venez ! J'ai un petit quelque chose pour vous, les garçons…

Les enfants coururent le plus vite possible et se jetèrent dans les bras de leur grand-tante.

— C'est quoi, Tata ? C'est quoi ? Des pièces d'or !?? dirent-ils, les yeux plus brillants encore que le plus beau des trésors en chocolat.

— Exactement. Pour votre sac à mystères… dit-elle.

La Ritournelle

– Tu es au courant de ça, toi ? s'étonna Anne.
– Je sais tout, moi, ma belle ! Ils ont englouti quelque chose ou pas encore ? poursuivit Caroline.
– Non, pas encore, les raviolis sont prêts dans... Le minuteur en forme d'œuf sonna, l'interrompant dans son décompte. Caroline lui prit des mains.
– Anne, va t'asseoir avec tes invités. Profite de Mémé et repose-toi un instant. Je m'occupe de les faire dîner. Et puis, on a des petits secrets à se raconter. Notamment sur les pièces d'or. Hein, c'est vrai, mes chéris...

Anne sortit de la cuisine pour la première fois de la soirée, et dit en se retournant vers sa tante :
– Je t'aime, Tata. Tu es la meilleure. Mais pourquoi tu n'es pas ma mère ?

22

20 h 55

Sur un grand plateau, les coupes reluisaient. Relavées à la minute par Anne qui ne voulait pas débuter son réveillon par une remarque acerbe de sa mère. Antoine servit chaque convive. Alors qu'ils levaient leur verre pour trinquer, la sonnette de la porte retentit, les arrêtant net dans leur élan.

– Qui ça peut bien être ? demanda Anne qui venait de s'asseoir.

– Si ça se trouve, c'est le voisin qui cherche son colis partout, dit Antoine, lançant un clin d'œil à son épouse.

Inquiète, Anne alla voir. On l'entendit aussitôt ouvrir et s'excuser.

– Ah, mais quand je disais qu'on était onze, j'avais raison. Je ne suis pas folle !

Tanguy. Son frère. Le seul homme de cette famille de femmes.

La Ritournelle

– Depuis quand tu es en retard, toi ? le réprimanda-t-elle gentiment. D'habitude tu es le plus ponctuel. Il t'est arrivé quelque chose ?

– Non, répondit-il en lui tendant un bouquet de roses rouges.

– Toujours aussi loquace, le taquina Lucie.

Il enleva son manteau et, voyant le monde qui le fixait depuis le salon, passa une main embarrassée dans ses cheveux. Sa mèche blanche au-dessus de son front s'était étendue depuis la dernière fois qu'ils s'étaient vus.

– Merci, mon frère préféré. Entre, dit Anne en attrapant le bouquet. On t'attendait pour commencer !

Ils avaient effectivement suspendu leur geste, le verre au bord des lèvres, chaque seconde retenue pesant lourd sur leur bonne volonté. Tous. Sauf Caroline, déjà revenue de la cuisine et qui avait entamé sa coupe.

Anne ressortit son vase : elle s'en voulait d'avoir été mauvaise langue et surtout négligente, comment avait-elle pu oublier son frère ? Tanguy était la douceur et la gentillesse incarnées, le rêveur incompris de la famille, préférant depuis toujours le dessin à la parole. Ce qui tranchait avec les joutes verbales de Lucie. Même s'ils se voyaient peu, Anne se sentait infiniment plus proche de son frère que de sa sœur.

– Antoine, tu peux servir du champagne à mon frère ? demanda-t-elle en revenant avec les fleurs. Qu'on trinque tous ensemble.

La Ritournelle

– Non, merci, dit l'intéressé en mettant sa main au-dessus de sa coupe. Pas d'alcool pour moi.
– Bah, Guigui, c'est la fête, fais une exception, bois avec nous.
– Antoine risque de te servir une excellente tisane… ironisa Nadine.
– Mais qu'est-ce que tu vas boire ? s'inquiéta Anne.
– Un jus m'ira très bien.
– Comme les enfants… Bravo ! renchérit sa mère.
– Laissez-le tranquille, ça en fera plus pour ceux qui ont soif ! tempéra Lucie.
– Si ça vous fait vraiment plaisir, servez-moi un fond pour trinquer avec vous, mais je ne le boirai pas.
– Bah, non, on ne va pas gâcher ! s'indigna Caroline.
– Bon, on trinque ou on se regarde dans le blanc des yeux ? demanda Antoine.
Nadine retira son verre.
– Ah non, moi je ne trinque pas avec quelqu'un qui ne boit pas d'alcool, ça porte malheur.
– À nous ! Vive la famille ! Et Joyeux Noël à tous, dit Anne en levant son verre.
Les coupes ne s'entrechoquèrent donc pas et chacun but de son côté.
– Merci pour l'invitation, Anne et Antoine, dit Mémé.
– Merci à nous aussi, ajoutèrent Tom et Léo, qui avaient déjà fini d'engloutir leur jus de pomme et

La Ritournelle

guettaient l'arrivée des amuse-bouche, considérant que les raviolis ne les privaient pas du repas de fête.
— Et à Nadine ! ajouta malicieusement Caroline.
Elles se toisèrent du regard.
— Quelqu'un peut me dire ce qui est arrivé à la loi Évin ? relança Lucie, en buvant à grandes lampées. Je croyais qu'il y avait interdiction de faire de la publicité pour l'alcool dans notre pays, et là, je ne sais pas si vous avez vu les campagnes d'affichage en ville, en décembre, c'est la folie : il n'y a que ça ! Gin tonic par-ci, whisky par-là.
— Moi je n'ai vu que des pubs de parfums avec des bonnes femmes à poil, rétorqua Patrick.
Anne déglutit. *Que personne ne relève. Pas de brouille si tôt dans la soirée, s'il vous plaît...*
Lucie lui lança un regard atterré, finit sa coupe et reprit :
— Ce que je trouve dingue, c'est que le marketing cible désormais les femmes de manière ostentatoire. Parce qu'elles ont besoin de décompresser. Les marques savent que ce sont *elles* qui font les courses pour toute la famille...
— Pas toujours, intervint Antoine, fier de son triathlon annuel au supermarché.
— Oui et résultat on n'a pas de poularde ! fit remarquer Caroline, avec un clin d'œil.

La Ritournelle

— Bref... Pas étonnant que beaucoup de femmes craquent. Surtout les perfectionnistes, celles qui veulent bien faire, et qui doivent gérer la pression qu'on nous met au travail, dans le couple, dans la vie de famille...
— Tu en parles comme si ça te concernait ? dit Antoine. Tu n'as ni mari, ni enfant, ni job stable, à moins que ça ait changé.
— On est tous concernés. C'est un véritable fléau !
— C'est surtout consternant, s'indigna Patrick. Vous voulez travailler et vous vous plaignez ensuite d'en faire trop. Quoi qu'on en dise, la répartition des tâches était plus simple pour tout le monde avant. C'est vous qui l'avez cherché...

Lucie était prête à lui sauter à la gorge.

— Patrick, on ne va pas rester le ventre vide. Ça vous tenterait des amuse-bouche ? dit Anne en se levant.
— Volontiers. Je réfléchis mieux le ventre plein.
— Alors, fais vite ! supplia Lucie en se tournant vers sa sœur.
— Du coup, je n'ai pas compris quel était le fléau : les bonnes femmes ou l'alcoolisme ? dit Patrick.

23

21 h 12

Quelques gorgées de champagne plus tard, Antoine avait réorienté la conversation sur les progrès de ses fils à l'école. Puis il rejoignit Anne en cuisine. Cette dernière fit un état de la situation :
– Bon, Tata Cartouche nous a mis dedans avec son retard, elle fait pire chaque année. J'avais anticipé quarante-cinq minutes, mais là… J'ai baissé le four, le chapon sera prêt pour 21 h 45, dernier délai. Ça va être sport ! On a les petits-fours et les entrées à faire passer avant.
– On peut peut-être faire sauter discrètement une entrée, non ? Genre le foie gras ou le saumon ?
– Si tu tiens à ta vie, je n'essaierais pas. Dans l'histoire des Komaneski, aucun réveillon ne s'est privé de l'un ou de l'autre.

La Ritournelle

Antoine sortit une nouvelle bouteille de champagne du freezer.

— Surtout ne sers rien d'autre à boire à Tata pour le moment. Je tiens à mon nouveau canapé... Tiens, tu n'as qu'à rapporter une assiette d'amuse-bouche pour les faire patienter. Ils picoreront avant de picoler !

Anne tendit le grand plat avec les nombreux amuse-bouche à Antoine. Tous deux s'étaient vraiment décarcassés, à tartiner des heures durant, puis à les dresser joliment.

Lorsque Antoine pénétra dans le salon, les invités lâchèrent un « Waouh ! » sonore, plus impressionnés par la confiance qu'Anne mettait en lui, en lui laissant porter un plat aussi chargé, que par ce qu'il y avait dessus.

— Alors, débuta Antoine, nous avons six amuse-bouche différents. Intégralement faits maison : tarama yuzu ; caviar d'aubergine ; guacamole avec ses bâtonnets de concombre ; raita façon tzatziki ; houmous au cumin et verrine de chèvre/poivron.

— Ça a l'air bon, commenta Caroline.

— Ça m'étonne d'Anne ! dit Patrick. La connaissant, je me serais attendu à autre chose. Du vrai caviar, du foie gras ou...

— Le foie gras arrive après, une fois à table, l'interrompit son fils.

La Ritournelle

– Et on n'a pas d'huîtres cette année ? demanda Nadine.
– Moi, je reste surpris que ce ne soit pas Anne qui fasse le service ! continua Patrick. La fierté de l'épouse qui a travaillé des heures pour bien présenter, ça ne se vole pas. On va nous reprocher de tout nous attribuer après. Et puis, un homme, ça prend l'apéro, ça ne le sert pas !
Alors que Lucie, Nadine et Caroline s'apprêtaient à bondir, Léo et Tom surgirent tout à coup, cachés derrière un fauteuil.
– Boooooooh !!!
Antoine sursauta et le plat en inox valdingua, se renversant intégralement par terre. La fameuse théorie de la tartine se vérifia aussitôt, les toasts tombèrent tous face contre terre.
Alertée par le bruit, Anne revint en courant. Face au désastre elle expira longuement, puis repartit dans sa tanière sans un mot. On entendit depuis la cuisine un bruit d'aspirateur, longtemps, mais il ne parvint pas tout de suite jusqu'au salon pour nettoyer les dégâts.
Effrayés à l'idée de se retrouver punis avant l'arrivée des cadeaux, les enfants restèrent d'abord interdits. Ils eurent envie de se dédouaner, ils avaient juste essayé de réveiller le bouledogue, qui ronflait joyeusement, dans ses rêves canins.

La Ritournelle

Puis, soulagés par l'absence de réaction de leurs parents, ils se jetèrent sur les miettes au sol, comme deux affamés. Heureux qui comme Ulysse peut se gaver de dizaines de toasts sans devoir partager avec les sept autres convives qui les regardaient avec des yeux effarés.

– Vous ne les nourrissez pas de l'année ou quoi ? dit Patrick.

– Ils mangent ce qui est tombé par terre et personne ne dit rien ? renchérit Nadine.

– C'est peut-être propre par terre... tenta Caroline.

Quand Antoine revint pour tout ramasser, il ne restait plus rien : sauf les toasts aux poivrons, Tom et Léo avaient fait la fine bouche.

– C'est un mal pour un bien ! lâcha Tanguy. On n'a jamais très faim après l'apéro.

– Oui et puis on était en retard sur le timing du chapon... approuva Antoine.

Armée de son aspirateur de compétition, embout « grands dégâts, capacité maximale », Anne fit disparaître les dernières miettes laissées par ses fils et lança :

– À table !

– Mais on n'a pas trinqué, dit Mémé, la seule dont la flûte était toujours pleine.

– Tant pis ! On trinquera l'année prochaine.

24

21 h 28

Chez les Komaneski, le plan de table était un véritable casse-tête géopolitique, bien plus sensible que le G20. Anne avait consciencieusement dispersé les sources de tensions, mettant Nadine loin de tout le monde, notamment de son frère, de son mari et de son beau-père, et éloignant Lucie le plus possible de Patrick. Et puis, il y avait cette tradition qui compliquait le tout : alterner les hommes et les femmes. L'ajout du beau-père réactionnaire arrangeait, au moins sur ce point-là, ses affaires.

La table ovale était agrémentée de chevalets nominatifs. Dans le sens des aiguilles d'une montre, on aurait pu lire, en début de soirée, le plan de table suivant : Mémé, « Plus Un », Lucie, Antoine, Anne, Tom, Nadine, Léo, Tanguy, Tata, Patrick. Mais, pas mécontente d'elle, Nadine avait replacé tout le monde à sa convenance pour être assise entre Lucie et Mémé.

La Ritournelle

Lorsque Anne vit la réorganisation des chevalets, elle inspira profondément, retourna en cuisine et revint avec l'aspirateur de table.

— Ne faites pas attention à moi, je ramasse les dernières miettes des gâteaux apéritifs, cria-t-elle pour justifier le bruit blanc. Asseyez-vous où vous voulez, les chevalets n'ont que peu d'importance, ils ont été posés au hasard par les enfants...

Le plan de table de Nadine ne fut donc pas suivi non plus, car chacun prit place en fonction des affinités, se fichant royalement d'une quelconque alternance. Les petits-enfants encadraient Mémé en bout de table. Lorsqu'elle revint s'asseoir, Anne découvrit que la seule place restante était celle dont personne ne voulait. Entre la peste et le choléra. Nadine et Patrick.

— Gosier asséché, dit Caroline en levant son verre vide. Qu'est-ce qu'on boit ? On peut avoir une resucée de bulles ?

— On passe au blanc avec l'entrée. Hein, Antoine ?

— Oui, chérie, cela me semble être une très bonne idée. Tu trouveras la bouteille au frais... Alors, Lucie, ça se passe comment ta nouvelle mission dans ton ONG ? Tu t'occupes des femmes en Tanzanie, c'est ça ?

Fixant son mari, sans succès, Anne finit par se lever de table en repoussant bruyamment sa chaise, alla en cuisine et revint avec le tout premier et gigantesque plat de fête.

La Ritournelle

– Le saumon, annonça-t-elle, comme si on était chez l'ambassadeur.
– Et le vin ? Tu ne l'as pas trouvé ? demanda Antoine, qui interrompit sa conversation, puis se leva aussitôt, fortement influencé par le regard noir de sa compagne.
– On n'avait pas dit qu'il y avait du foie gras ? demanda Patrick.
– Si, ça arrive après, répondit Anne.
– C'est bizarre comme ordre de plats, on a toujours fait l'inverse, fit remarquer Lucie.
– Oui, et l'année dernière vous avez justement demandé à changer, insista la maîtresse de maison, m'expliquant qu'on ne savourait plus le saumon après le foie gras.
– Si tu écoutes tout ce qu'on dit aussi... continua sa sœur. De toute façon, je ne mange ni l'un ni l'autre.
Anne posa bruyamment le plat sur la table et commença à servir.
– Et il vient d'où, ce saumon ? D'Écosse ? demanda « Plus Un », en regardant avec suspicion le bout de sa fourchette.
– Tiens... Il parle ? dit Patrick.
– De Norvège.
– C'est ce qu'il y a de pire, Anne ! Tu verrais ce qu'ils font en Patagonie, ces sagouins ! dit Nadine.
– Ça se passe comment la géographie, Nadine ? demanda Antoine en attrapant un citron.

La Ritournelle

– Arrête de faire le malin, je sais ce que je dis. Les entreprises norvégiennes font des ravages là-bas, elles convoitent des sites classés, magnifiques et...
– Ah, moi j'essaie toujours de le prendre français, mon saumon, coupa Caroline, en dégustant sa première bouchée.
– J'ai pris ce qu'il y avait, clarifia Antoine.
– Moi, je préfère la truite, ajouta Patrick. Au goût, on ne voit pas la différence, alors que le porte-monnaie...
– On vous reconnaît bien là, lâcha Nadine en lui souriant.
– Pleine mer ou d'élevage ? demanda Lucie, hésitant à se lancer.
– Bon, on le mange ou on le regarde, ce saumon ? s'exclama Anne. Vous avez tous un diplôme de pisciculture ou quoi ?
Nadine toucha alors l'avant-bras d'Anne, qui se raidit.
– Moi, le citron, chuchota la mère, je le coupe en crénelé, ma chérie. Tu devrais essayer, ça fait plus « fête » que tes petits quartiers tout tristes !
– Tu as du pain de seigle ? demanda Patrick à Anne, en lui touchant l'autre avant-bras, Nadine n'ayant pas lâché le premier.
Anne lança un regard suppliant en direction de son mari.

La Ritournelle

– Non, Papa, intervint Antoine à la rescousse, mais nous avons du pain de campagne, du pain brioché, aux figues, au...
– Je vais prendre le reste de pain d'épice alors...
– On n'en a plus. Je viens de le donner aux enfants... dit Anne, qui pouvait mesurer l'agacement de son beau-père à la pression qu'il exerçait sur son bras.
– Ah... lâcha Patrick, en refusant la panière que lui tendait son fils avec pléthore de pains.

Anne proposa une seconde tranche à chacun, Lucie se décida pour une première, et elle put enfin s'asseoir.

Quand elle baissa la tête vers son assiette, Anne se rendit compte qu'elle avait oublié de se servir.

25

21 h 32

Si son père était misogyne, Antoine lui était misophone. La misophonie, à ne pas confondre avec la misogynie, lui posait problème depuis des années. Il souffrait tout particulièrement de cette phobie des bruits de bouche à chaque fête de famille, car il avait un exemple parfait pour réveiller ses terreurs les plus intimes. Nadine, grande spécialiste pour parler la bouche pleine.

Utilisant sa serviette comme d'un éventail pour faire passer le malaise qui montait en lui, Antoine s'éloignait le plus possible de sa belle-mère, relançant sa voisine de droite, Lucie. Mais c'était sans compter la pugnacité de Nadine, qui revenait à la charge. Mastiquant de plus en plus fort des bouchées de plus en plus grosses, elle l'attirait vers lui :

La Ritournelle

— Il fait chaud, hein ? Tu ne peux pas baisser un peu, Antoine ? Sinon, je vais devoir enlever ma veste et elle fait toute la beauté de ma tenue. N'est-ce pas ? Ça lui donne un petit côté...

— Gazon Maudit ? dit Patrick en grimaçant.

— Non, on ne peut pas baisser, malheureusement... reprit Antoine. C'est un chauffage collectif pour tout l'immeuble, et d'ailleurs nos radiateurs sont éteints. Mais, comme la chaleur monte et qu'on est au dernier étage...

Nadine soupira.

— C'est une étuve !

À regret, elle se délesta de sa veste. Sous sa chemise blanche, on pouvait discerner la dentelle de ses sous-vêtements.

— Quant à vous déshabiller plus, continua Antoine, ce ne sera pas permis...

Nadine virevolta vers sa fille aînée.

— En parlant de permis, tiens, est-ce que tu as conduit récemment, Anne ?

Nadine avait une lubie. La conduite. Elle avait élevé sa fille aînée dans un modèle d'indépendance et cela l'agaçait qu'Anne n'ait pas sa voiture à elle. Juste un véhicule pour la famille qu'elle se partageait avec Antoine.

— Maman, je préfère prendre les transports en commun.

La Ritournelle

– Tu préfères, tu parles ! On ne te laisse pas le choix plutôt... Parce que ces Messieurs ont toujours besoin de la voiture.

Anne posa ses yeux sur le sapin. La guirlande de Noël semblait s'emballer, au diapason avec son rythme cardiaque. Nadine poursuivit.

– Ça, ils nous laissent faire les courses, s'occuper des petites dépenses du quotidien, mais dès qu'il s'agit de gros investissements, du choix de la voiture, ou du plaisir de conduire, là, c'est toujours pour les mêmes.

– Encore heureux ! dit Patrick.

Nadine jeta un regard noir à Antoine, qui ricocha sur son père.

– Ça s'oublie, la conduite, ma chérie !

– Laisse ta fille tranquille, intervint Caroline. Elle est grande.

– Je dis ça dans son intérêt !

– Son intérêt n'est pas toujours le tien ! dit Caroline.

– Et puis, non, ça ne se perd pas, dit Mémé. C'est comme le vélo. La seule chose que tu peux oublier, à la rigueur, c'est l'endroit où tu l'as garée...

– De toute façon, femme au volant... conclut Patrick.

Lucie souffla.

– Vous devriez savoir que les femmes ont moins d'accidents que les hommes ! Et moins violents, affirma-t-elle, plantant ses yeux dans ceux de Patrick. Les chiffres le prouvent !

La Ritournelle

— Les chiffres, les chiffres, on peut leur faire dire ce qu'on veut, aux chiffres. Moi, ce que je constate, c'est qu'à chaque fois que ça rate un créneau, que ça met une plombe à démarrer au feu et que ça oublie de mettre son clignotant quand ça tourne, bah c'est toujours une bonne femme qui conduit. À mon époque, les femmes savaient rester à leur place. Les rôles étaient bien répartis. Maintenant, vous voulez plus que nous...
— Juste l'égalité, ni plus ni moins, recadra Lucie. Vous avez simplement peur de perdre vos privilèges.
— Nos « privilèges »... Tout de suite les grands mots ! Je ne vais quand même pas m'excuser d'avoir réussi !
— Et on ne vous le demande pas... dit Mémé en se resservant.
— On ne peut plus rien dire ! s'agaça Patrick.
Nadine attrapa un renne décoratif sur la table et commença à passer ses nerfs dessus.
— Fais attention à ne pas l'abîmer, Mamie ! dit Tom. Regarde, tu as déjà cassé une corne...
— C'est en bois, mon chéri, chuchota Anne.
— Non, c'est du plastique, je l'ai touché, Maman ! rectifia Léo.
Nadine restait les yeux rivés sur son renne qui, dans sa main, passait un mauvais quart d'heure. Elle planta subitement sa fourchette dans le bulgomme de la table.

La Ritournelle

— Vous êtes *toléré*, ce soir, Patrick, continua-t-elle. À votre place, je la mettrais en sourdine et je ferais attention à ce que je dis...
— Antoine, tiens ta belle-mère, s'il te plaît.
— Espèce de...
La tablée fit un long silence. Jusqu'à ce que la petite voix de Tom demande :
— Papa, ça veut dire quoi « espèce de canard » ?

26

21 h 45

Dans la cuisine, Anne était au bord de la crise de nerfs : non seulement Patrick était en roue libre, mais elle avait surpris dans le sac frigorifique de sa mère – celui auquel personne n'avait le droit de toucher – que celle-ci avait apporté son propre foie gras maison. Un foie gras *de secours*. Estimant sans doute que celui de sa fille serait immangeable.
Anne l'attrapa et le mit à la poubelle.
– Tu es sûre que tu veux le jeter avant d'avoir goûté celui que tu... ? tenta Antoine.
Il ne prit pas le risque de terminer sa phrase – Anne était armée d'un tire-bouchon vraiment très pointu –, il baissa les yeux et passa au salon.
– Le foie gras *maison* ! annonça-t-il, très fier de ne pas l'avoir lâché cette fois. Fait par Anne, je pré-

La Ritournelle

cise, en jetant un œil lourd de sous-entendus à sa belle-mère.

Anne le suivit avec la bouteille ouverte.

– J'ai prévu un petit moelleux pour aller avec le foie gras. Un sauternes.

Anne remplit le verre de sa tante, observa les moues sceptiques autour de la table, et reposa la bouteille un peu trop brutalement.

– En tout cas, il n'est pas bouchonné, lâcha Caroline.

Antoine bataillait pour découper le foie gras qui ne se montrait pas coopératif. Anne se releva et prit le relais à l'aide d'un couteau à la lame fine et chaude.

– Qui se laisse tenter ? demanda-t-elle en taillant les premières tranches.

Comme si c'était une évidence pour chacun, personne ne se donna la peine de répondre.

– Les enfants, un peu de pâté de Noël ?

Tom et Léo opinèrent de la tête, les yeux brillants de gourmandise. Elle les servit, puis resta coite avec sa tranche de foie gras prête à être distribuée, guettant le premier adulte à se manifester.

– C'est « oui » pour tout le monde ? Je ne vous force pas, poursuivit-elle, puisant dans ses réserves de patience face à l'absence générale d'enthousiasme.

– Merci bien, je passe mon tour… dit Lucie. Tu le sais, Anne. D'ailleurs, pourquoi continue-t-on d'im-

La Ritournelle

poser cette tradition archaïque et barbare ? Ça me dépasse.

Lucie avait toujours eu un avis tranché, quel que soit le sujet. Contrairement à Anne, elle n'avait jamais eu de mal à dire ce qu'elle pensait, sans se soucier de prendre des précautions, persuadée d'être dans son bon droit.

— C'est vrai qu'on pourrait se passer de foie gras l'année prochaine... approuva Nadine, qui, par principe, allait toujours dans le sens de sa « petite dernière ».

Patrick reposa bruyamment son verre, leva les yeux au ciel et tendit son assiette.

— Mais on ne va pas *tout* changer dans nos vies ? Céder au diktat d'une poignée d'écolo-végans autoritaires ! Noël, c'est « foie gras ». C'est la tradition ! Point barre. Moi, je prends deux tranches, Anne. Et tant que je serai vivant, on sacrifiera une oie pour moi chaque année, décréta-t-il.

— Vous ferez bien ce que vous voudrez, chez vous, l'année prochaine. C'est l'avantage d'être seul, appuya Nadine, avec un sourire narquois.

Ça, c'est sûr ! pensa-t-il.

Patrick n'avait aucune intention de passer un autre réveillon chez les Komaneski. La perspective de réveillonner en compagnie d'une tranche de saumon et d'un bon foie gras, tranquillement installé devant le « Grand Bêtisier de l'Année », l'enthousiasmait davantage que

La Ritournelle

de côtoyer à nouveau Nadine. Ça, on ne l'y reprendrait plus. Mieux valait être seul que mal accompagné...
— Le monde change, Patrick. Les choses bougent et évoluent autour de vous. Je ne sais pas si votre moustache et vous avez remarqué ? dit Lucie en finissant son verre de vin cul sec. M'étonne pas que vous aimiez voir souffrir les animaux.
— Elle va la mettre en sourdine, Brigitte Bardot ! De mon temps, on faisait moins de chichis et ce n'était pas pire.
— Alors il est comment, mon foie gras ? demanda Anne un peu trop fort pour interrompre Patrick et Lucie.
— Il est... fait maison, répondit Nadine.
Anne lui lança un regard sévère. Sa mère se reprit :
— Ce que je veux dire, ma chérie, c'est beaucoup de travail de le faire soi-même ! Vu le temps que ça prend, c'est dommage qu'il ait si peu de...
Nadine chercha ses mots si longtemps que Mémé lui coupa la parole :
— Anne, dis-moi, c'est un foie gras de canard ou d'oie ?
— D'oie, Mémé.
La grand-mère resta silencieuse, tapota son appareil auditif, puis arbora une drôle de tête.
— De Guéméné ? Je croyais que c'était l'andouille, leur spécialité... dit-elle, dubitative.

La Ritournelle

– Tiens en parlant d'andouille, vous savez qui j'ai vu l'autre jour ? Vous ne me croirez jamais ! demanda Nadine, qui aimait garder la main sur les conversations.
– Christian ? tenta Mémé.
– Non, lui ce n'est pas une andouille, c'est un gros...
Anne renversa son verre d'eau sur la table.
– Les enfants, vous voulez bien aller me chercher de l'essuie-tout s'il vous plaît ? Et ensuite vous aurez le droit d'aller regarder, *un peu*, la télé. D'accord ?
Tom et Léo foncèrent en direction de la télévision, oubliant complètement de rapporter de quoi essuyer. Anne épongea avec sa serviette de table, sous le regard dégoûté de sa mère. Mémé poursuivit.
– Moi je l'aimais bien, Christian. Il était drôle.
Nadine attrapa un autre renne posé sur la table et, d'une main, le cassa en deux.
– Christian, lui, il a refait sa vie. Il a trouvé une gentille femme... continua Mémé.
Elle qualifiait de « gentils » tous les gens qu'elle estimait plus souples de caractère que Nadine. Ça faisait du monde.
– Plus gentille que moi, c'est ça que tu veux dire ? aboya Nadine.
La tablée resta un long moment silencieuse sans oser reprendre. Chacun dégustait sa tranche de foie gras du bout des lèvres, sauf Patrick qui engloutissait déjà sa troisième tranche.

La Ritournelle

— Qui reveut du foie gras ? tenta Antoine avec un enthousiasme aussi naturel que les mèches blondes de sa belle-mère.

Nadine posa son regard sur sa fille aînée, qui s'appliquait à faire les tranches les plus régulières possible.

— Tu fais de la charpie, Anne. Tu n'as pas un fil à couper le foie gras ?

— Non, je n'en ai pas, non !

— J'aurais dû t'en apporter un, j'en ai trois.

— Bah oui ! Une petite attention, un geste tout simple, ça m'aurait fait plaisir !

— Ça ne se réclame pas, un cadeau, ma chérie.

— Oui, mais si je ne réclame pas, je n'ai rien.

— C'est pour toi, ça ! dit Patrick, en donnant un gros coup de coude à son fils.

— Non, c'est pour tout le monde, rétorqua Anne en se levant de table. Je ne sais pas moi, un dessert, du chocolat, des fleurs...

— Mais, tu es fleuriste ! répondirent en chœur Lucie, Nadine et Mémé.

— Oui, mais des fleurs, ça fait *toujours* plaisir...

— D'ailleurs, dit Caroline, moi, j'aime bien offrir un bouquet aux hommes et du vin aux femmes. C'est mon petit côté...

— Atypique, acheva Patrick.

Nadine se leva d'un bond. Anne crut qu'elle allait prendre la défense de Caroline, ou peut-être l'aider à

La Ritournelle

débarrasser la table, mais sa mère s'essuya simplement la bouche et se dirigea vers les toilettes. Elle allait franchir la porte du salon, en prenant soin d'enjamber Pompette qui ronflait toujours, ponctuant son sommeil de grognements satisfaits, quand elle se retourna. Avec l'emphase d'une actrice de théâtre qui lâche sa dernière réplique avant de quitter la scène, Nadine interpella Anne :

— Dire que je t'ai payé une école de commerce, chère en plus, et que tu as tout abandonné pour devenir « fleuriste »... Tu sais ce que j'aurais pu faire avec cette somme ?

— ... un lifting ? dit Patrick, en se tournant vers sa rivale.

27

22 h 04

Tanguy sortit de sa torpeur. Il suffisait que sa mère quitte la pièce, pour qu'il reprenne vie. Attristé de voir sa grande sœur se décarcasser pour faire plaisir à tout le monde, il prit enfin la parole :
— Mais je t'en ai apporté des fleurs, moi ! Qui de mieux qu'une fleuriste pour faire vivre un bouquet...
— Pardon, c'est vrai, mon frère. Où avais-je la tête ? Et elles sont magnifiques, tes fleurs.
— En tout cas, Anne, ton sapin est très beau ! relança Caroline au moment où sa nièce revenait d'un énième trajet vers la cuisine.
— Si beau qu'Antoine va vouloir encore le garder jusqu'à Pâques... dit Anne, alors qu'elle déposait la corbeille de pain.
 Antoine lui fit une grimace entendue, puis fronça les sourcils, les yeux toujours rivés sur le sapin.

La Ritournelle

– Il y a juste la guirlande qui clignote quand elle veut… fit-il remarquer en penchant la tête, aussitôt imité par les autres.
– C'est vrai qu'elle déconne complètement, ta guirlande, réagit Lucie. Elle est aux normes ?
– Manquerait plus qu'un incendie… ajouta Nadine, qui avait fini de se repoudrer le nez.
– Deux, trois pompiers le soir du réveillon, moi, je ne dis pas non ! rétorqua Caroline. En parlant de feu, qui veut venir avec moi sur le balcon, pour une petite pause santé ?

Aussitôt, Lucie, « Plus Un » et Caroline se levèrent ; Antoine les regarda partir avec envie. Une cigarette avant le plat de résistance l'aurait aidé à tenir. Il se leva à son tour pour débarrasser le foie gras. Mémé resta seule assise à table, avec Nadine et Patrick. Tom et Léo essayaient quant à eux de se faire oublier, bien contents de pouvoir regarder un dessin animé.

– Dis-moi Antoine, je n'ai pas compris tout à l'heure. Le foie gras, c'est du canard ou de l'oie ?
– D'OIE… Mémé.
– Ah bon ?

La grand-mère resta à nouveau sceptique.

– Douarnenez… Je ne savais pas qu'ils faisaient du foie gras ? Je croyais que leur spécialité c'était le kouign-amann. Bah, il est bon, ce foie gras breton !

La Ritournelle

On ne saura jamais si c'est du canard ou de l'oie, mais il est bon.

Lucie revint chercher le briquet qu'elle avait oublié sur la table.

– Tiens, en parlant d'oies, vous avez remarqué : Antoine, il a plein de petites pattes-d'oie au coin des yeux. On sent qu'avant de rencontrer Anne il a passé sa vie à rire celui-ci.

– Je ris toujours autant. Grâce à ma belle-sœur, sans doute. Je vois que tu t'es servie deux fois du foie gras, d'ailleurs ! Tu sais, ça compte double pour une végan !

– Je ne suis pas végan, faut me lâcher avec ça. Je suis flexitarienne.

– T'es peut-être flexible dans ton assiette, mais pas sur ton sens de l'humour !

28

22 h 20

La cuisine. L'antichambre du dîner, les coulisses où se tiennent les messes basses.
– Il m'agace ce gratin, il est trop sec ! Et ce chapon, qui n'en finit pas de cuire… Le « Plus Un » de ma sœur parle encore moins que mon frère. J'ignorais que c'était possible. Il n'a pas l'air timide pourtant !
Cheveux relevés, tenus par une baguette chinoise, Anne tendit le plat à Antoine, qui regardait, pensif, au-dehors.
– Antoine ?
Anne se résigna à poser le plat brûlant sur la paillasse.
– Antoine ? T'es avec moi ? Tu peux sortir les assiettes ?
À travers la grande baie vitrée qui donnait accès au balcon, Antoine jetait un œil envieux aux trois fumeurs dehors. Tante Caroline semblait se tordre de rire, Lucie

La Ritournelle

était hilare avec elle. Quant à « Plus Un », de dos, impossible de savoir s'il s'amusait ou non.

Antoine réfléchit à voix haute.

– « Plus Un » a parlé avec Tanguy, tout à l'heure...
– Ah oui ? Je loupe toutes les conversations à cause du service.
– Tu n'as pas loupé grand-chose, c'était incompréhensible. « Changement de variable », « L'intégrale de f(x), sur la courbe, logiquement », « On a vu par définition », « Si tu enlèves le x, la fonction décroissante », « Le postulat de départ », « Relation croissante alors là ça converge »...
– C'est surtout ses yeux qui convergent, non ? C'est pas le plus charmant que ma sœur ait trouvé.

Lucie entra dans la cuisine, aussitôt rejointe par « Plus Un », qui la suivait partout comme son ombre. À croire qu'il avait oublié de venir avec sa propre personnalité.

– J'ai trouvé quoi ?
– Rien, je te trouve en pleine forme, assura Anne avec un grand sourire.

« Comment une fille aussi intelligente peut être attirée par des mecs aussi nazes ? » chuchota Anne pour Antoine, une fois que sa sœur et son compagnon furent sortis de la cuisine.

C'était une certitude, Lucie était trop bien intellectuellement et physiquement pour tous ceux qu'elle

La Ritournelle

leur avait présentés depuis dix ans. Même ce soir, les cheveux remontés en un chignon fait à la va-vite, plein de bosses et de mèches folles, elle restait jolie.

Lucie rejetait en bloc la société de consommation. Sa seule dérogation à ses convictions : les petits amis, qu'elle consommait en masse et à la chaîne. Ils avaient tous une date limite d'utilisation. Elle affirmait n'avoir besoin de personne, mais Lucie aimait avoir sa cour. Il lui fallait toujours quelqu'un pour lui tenir le miroir et lui renvoyer son reflet le plus flatteur. Quelqu'un qui ne la contredisait pas, qui abondait dans son sens, comme sa mère l'avait toujours fait avec elle. Voilà pourquoi cette mante religieuse choisissait des partenaires dotés du charisme d'une huître et de l'ambition d'un lombric.

– Il y a peut-être un truc qui nous échappe, tenta Antoine d'un air plein de sous-entendus.

– Tu veux dire « sexuel » ?

– Comment les rencontre-t-elle d'ailleurs, notre végétarienne carnivore… ? On ne sait pas…

Ils ne pouvaient pas se douter que Lucie avait rencontré ce nouveau partenaire quelques heures plus tôt seulement dans la journée. Sa tradition à elle était de venir accompagnée, le soir du réveillon. Sous ses airs débordants d'assurance, Lucie tenait plus que tout au regard des autres. Apparaître seule la rendait plus fragile. Sa grande sœur avait une vie de famille idéale, avec un mari aimant et des enfants joyeux, une vie

La Ritournelle

à l'opposé des autres femmes de la famille. Dans le fond, elle le savait, c'était Anne la plus indépendante. Se fichant de ce que leur mère pouvait bien penser, elle faisait ses choix et elle s'y tenait. Lucie redoutait de finir célibataire. Elle avait donc cherché la perle rare toute la semaine, la trouvant finalement au bas de son immeuble, en pleine pause clope au milieu d'un footing. La scène l'avait charmée. Et la disponibilité immédiate du prétendant avait fait le reste.

À table, Nadine fixait sa montre en soupirant. 22 heures passées et on n'avait toujours pas attaqué le plat principal. Si le réveillon s'était déroulé chez elle, les plats se seraient enchaînés plus rapidement. Plutôt que de proposer son aide, elle poursuivait de longs monologues, empêchant toute tentative de discussion parallèle.

Un portable se mit à sonner.

– Qui ose nous interrompre un soir de Noël en famille ? interrogea Nadine, fusillant tout le monde du regard, jusqu'à ce qu'elle vérifie le sien. Ah c'est moi, j'ai des amis ! Alors, qui m'écrit ? Si ça se trouve, c'est une urgence du travail.

– Une urgence de brushing ? ironisa Patrick.

Elle eut envie de lui envoyer une pique bien placée, mais comme elle ne trouva rien, elle baissa les yeux et commença à pianoter.

La Ritournelle

Nadine aimait garder la main, rester le centre de l'attention. Elle accaparait la soirée et ne laissait personne d'autre s'emparer de la conversation pour l'emmener sur un sujet autre que les siens. La présence de Patrick, dont l'aisance et l'arrogance prenaient trop de place, l'horripilait. Elle chaussa, déchaussa ses lunettes, tendit son bras, et tapa avec un doigt, tout en commentant à voix haute :

– « Je suis avec des amis. Je te rappelle plus tard. » Voilà, c'est envoyé. Je préfère répondre aussitôt. C'est comme les impôts : quel intérêt de repousser, d'attendre la relance, quand on peut avoir l'esprit tranquille en le faisant tout de suite. Pourquoi se laisser déborder par l'administratif, les contraintes, les corvées, n'est-ce pas Anne ?...

L'aînée ne réagit pas à cette pique et rebondit sur un point qui l'intéressait davantage.

– Pourquoi dis-tu que tu es « avec des amis » ?
– Je dis toujours des amis, c'est plus... festif !
Et plus mondain, surtout.
– C'est si rare, à mon âge, d'avoir une vie sociale et amicale débordante ! Regarde Patrick... Un seul couple d'amis et le voilà avec nous. Sur la touche.
– Mais, ils n'existent pas, vos amis ! réagit Antoine.
– Les gens ne vous supportent que sous la contrainte ! s'esclaffa Patrick.

La Ritournelle

La fond d'écran du portable de Nadine n'était pas une photo de ses deux petits-enfants, pas non plus une photo d'elle avec ses trois enfants, mais une photo d'elle-même. La reine Nadine.
Son téléphone sonna à nouveau. Nadine était maniérée, mais n'y connaissait rien en bonnes manières. Elle décrocha, tout en restant à table :
– Oh Bernadette, c'est drôle, je pensais à vous justement...
– Quelle menteuse, elle dit ça à tout le monde ! siffla Antoine, en retournant en cuisine.
À peine avait-elle raccroché qu'une sonnerie retentit encore. Tous la fusillèrent du regard.
– Ah, je vous jure, cette fois ce n'est pas moi, je l'ai éteint. Ras le bol de perdre le fil de mes idées...
– C'est la porte ! dit Antoine.
– On attend quelqu'un ?
Anne se leva et alla voir par le trou de la serrure.
– Personne... Bizarre.
On sonna à nouveau. Tous sursautèrent.
– Mais ce n'est pas vrai ! Qu'est-ce que c'est que cette blague ! dit Nadine, vous avez oublié un réveil ?
– Ah, j'ai trouvé ! dit Anne. C'est mon minuteur. Le chapon est prêt.
– *Enfin !*

29

22 h 33

– Et voici ! dit Anne, impériale, en entrant avec la volaille pour l'exhiber entière. Le chapon.

– On n'avait pas dit qu'on faisait une poularde ? demanda Lucie.

Anne repartit en cuisine avec la bête pour passer ses nerfs dessus.

– Ce chapon nous a fait attendre des heures et je suis sûre que maintenant il est trop cuit. C'est la cata ! Chéri, tu peux m'aider à le couper ?

Elle avait les mains pleines de graisse lorsque cette fois, assurément, la sonnette de la porte retentit.

– Ce n'est vraiment pas le moment, là. Antoine, va voir qui c'est, s'il te plaît !

– C'est le voisin… chuchota Antoine, suffisamment fort pour qu'Anne entende.

La Ritournelle

– Bah, ouvre-lui, plutôt que de me regarder ! dit-elle en désossant son chapon.

Antoine ouvrit et offrit son plus beau sourire. Un vieux monsieur, grand, maigre, voûté et les épaules arrondies, se tenait face à lui. Il avait le teint de quelqu'un qui n'a pas vu la lumière du jour depuis des années.

– Bonsoir, Monsieur Rodriguez. Joyeux Noël à vous ! Tout va bien ? On ne fait pas trop de bruit, j'espère ? On est en famille... Vous savez... La belle-mère...

– Non, en fait, je...

Antoine lui coupa la parole.

– Ah, justement, on avait un paquet pour vous...

– Mais *pas du tout*, Antoine, rappelle-toi ! cria Anne depuis la cuisine, se dépêchant de rejoindre son mari. Bonsoir, Monsieur.

– Si, Anne ! On avait un paquet à remettre au voisin ! Le facteur s'est trompé. Tu l'as mis où le... ?

Antoine se prit un gros coup de coude dans les côtes. Il s'arrêta net. Elle reprit.

– Non, tu te trompes, mon chéri. On n'a pas reçu de paquet pour monsieur, ni pour madame, ni pour personne. Allez, bonne soirée à vous. Le chapon, ça se mange chaud ! conclut Anne en claquant la porte.

Elle retourna aussitôt en cuisine et apporta la volaille désossée dans le salon.

– Alors, qu'est-ce qu'il voulait le voisin ? demanda Caroline.

La Ritournelle

– On ne sait pas, il n'a pas eu le temps de nous le dire ! dit Anne. Si c'est important, il reviendra !
– Pas sûre, vu comment vous l'avez reçu... C'est quoi cette histoire de colis ? insista Caroline, intriguée par la réaction de sa nièce.
– Tu vois comment sont faits tes nains de jardin ? Bah t'imagines les mêmes, mais sans le nain, et avec un...
– Bon, chéri, tu pourrais, s'il te plaît, éviter les détails ? On avait dit qu'on déposait le colis demain, discrètement...

Antoine se ravisa et commença à servir le chapon.

Lucie, qui avait fait déjà de nombreuses entorses à son régime alimentaire en cédant au saumon, qu'elle n'avait pas trouvé si bon, et au foie gras, qui ne lui avait pas déplu, se servit généreusement en gratin. Anne la regarda vider la moitié du plat. Elle aurait dû prévoir le double.

Les bruits de couverts prirent le dessus. Tout le monde goûta, mangea, mais personne ne commenta. Anne sentit l'agacement monter. Un poli « humm, c'est fin, c'est délicat » lui aurait fait plaisir. Même un mensonge courtois de sa famille aurait fait l'affaire.

– Les enfants ! appela-t-elle. Vous voulez un peu de viande de Noël ?
– Tu es sûre qu'ils ne vont pas s'étrangler, avec la volaille, tes petits spécialistes de la fausse route ? dit

La Ritournelle

Nadine. Il ne manquerait plus qu'ils nous rendent tout l'apéro pour un bout de sot-l'y-laisse qui coince.
– C'est vrai, ça a l'air un peu secos ! renchérit Lucie.
– Pour une végan, je te trouve bien tatillonne sur la cuisson de la viande, s'agaça Anne.
– Je ne suis PAS végan !
– Elle est peut-être pas végan, mais qu'est-ce qu'elle est chiante... grommela Patrick.
Alléché par l'odeur de la volaille, le bouledogue daigna ouvrir un œil. Il essaya de se relever, mais il glissa à plusieurs reprises, retombant lourdement sur son ventre. Caroline vint l'aider et la prit sur ses genoux.
– Je te donne un bout et c'est tout. Compris, ma belle ?
Caroline attrapa le morceau qu'Anne comptait donner à ses enfants.
– Les garçons, dépêchez-vous, il ne va plus vous en rester !
Le bouledogue repartit avec la viande, l'avala en une bouchée, et se roula de contentement, son gros ventre en l'air sous le regard circonspect des convives.
– Il est bien dodu, fit remarquer Antoine.
– Un Chinois pourrait le manger... répondit Patrick.
– Et raciste, avec ça... dit Lucie, en se servant discrètement un morceau de volaille.
– Pompette est une chienne, précisa Caroline. Nourrie qu'avec des bonnes choses...

La Ritournelle

— C'est quand même moins goûtu que du chapon... commenta Mémé, plus fort qu'elle ne l'aurait souhaité.
— Mais, c'est du chapon ! dit Anne.
— En tout cas, c'est moins tendre que la pintade, regretta Nadine.
— Pour rappel, c'était censé être une poularde... dit Caroline.
Les garçons arrivèrent.
— C'est bientôt Noël ? demandèrent-ils en enlaçant leur mère, les yeux endormis.
— Non, pas tout de suite, mes chéris. Vous êtes fatigués, mes pauvres. Vous voulez du chapon ?
Ils jetèrent un œil au « poulet », firent une grimace, puis repartirent sans un mot.
— Je suis d'accord avec eux, il manque de farce, ce chapon ! ajouta Patrick.
— Il n'a pas dû bien vivre, ce castré-là.
— Ça, c'est sûr ! C'est pas une vie... C'est comme Tanguy ! se désola Nadine.
Tous les regards se braquèrent aussitôt sur lui. La transition chapon castré – Tanguy, celle-là, on ne lui avait jamais faite.

30

22 h 44

Tanguy faisait le dos rond. Dans cette famille, c'était son activité favorite. Il se faisait le plus discret, le plus silencieux possible pour se faire oublier, pour passer entre les gouttes, pour qu'on lui foute la paix. Ça marchait un temps, mais il y avait toujours un moment dans la soirée où, par une pensée en arborescence assez complexe, unique à cette famille, la conversation abordait le cas Tanguy.

Tanguy n'était même pas son vrai prénom. Tout le monde semblait l'avoir oublié d'ailleurs. Même lui. Seul l'état civil l'appelait encore Guillaume.

Il avait suffi d'une pique de Lucie, il y a quinze ans, alors qu'il avouait ne pas être pressé de partir du domicile familial, pour que « Guigui » soit remplacé par « Tanguy ». Il n'avait pas gagné au change.

La Ritournelle

— Mais qu'est-ce qu'il va faire de sa vie ? commença Nadine. Pas d'amoureuse, un métier alimentaire, une chambre squattée chez son père, jamais de vacances, jamais de fêtes, pas d'amis, pas de voyages. Même venir me voir, c'est trop lui demander.

— Arrête de parler comme s'il n'était pas là, la coupa Anne.

— Je dis juste...

— Bah, dis rien ! conseilla Caroline. Ça nous fera des vacances !

— Qui aime bien châtie bien ! sourit Nadine en reprenant : Je dis ça pour son bien. Être célibataire, c'est dommage ! Avec le salon de coiffure, je vois plein de filles très bien qui seraient ravies de le rencontrer. Je montre sa photo à beaucoup de clientes !

— Mais, toi aussi, Nadine, tu es célibataire, releva Mémé. Puis, s'adressant directement à lui : Mon Tanguy, tu es seul, mais es-tu malheureux ?

Le jeune homme posa sa main sur celle de sa grand-mère.

— Premièrement, Mémé, on n'est pas forcément malheureux parce qu'on est seul. Deuxièmement, je ne suis pas seul. Et troisièmement, je ne suis pas malheureux. Donc je crois avoir répondu pleinement à la question. On peut passer à autre chose ?

Tanguy, tête baissée, dessinait sur sa serviette en papier, attendant que l'orage passe. Il y avait mécani-

La Ritournelle

quement un moment où la conversation bifurquait, sa mère fatiguait toujours avant lui. Il était résistant.

– Toujours à gribouiller, à fuir les vraies discussions. Il serait temps de te confronter au monde adulte ! Au lieu de rester enfermé avec tes mangas d'adolescent. Si encore tu lisais de « vrais » livres...

– Et toi, Nadine, à part l'encyclopédie de Candy Crush, c'est quoi le dernier livre que tu as lu ? interrogea Caroline.

– Moi, je lis des classiques : Jane Austen, les sœurs Brontë, ça, c'est de la littérature ! Ça, c'est bien écrit ! Ça, ça vaut le coup !

– Mais tu n'as lu que *ça* dans ta vie ! Trois livres, il y a quarante ans, et tu nous bassines avec. Lui, il dévore un livre par semaine, alors arrête de jouer les intellos !

Nadine sentit ses joues s'empourprer.

Plus personne n'osait parler. On piquait du bout de la fourchette dans les assiettes, on buvait à lentes gorgées et on attendait que ça se calme.

– Même un amoureux, on serait contents, reprit Nadine en finissant son verre de vin. Mais non ! Et pourtant, on ne me fera pas croire qu'un homme n'a pas des envies...

– Mais lâche-lui la grappe, Maman ! cria Anne, en jetant ses couverts dans son assiette.

– Merci de prendre ma défense, mais je suis, paraît-il, une cause perdue. Mieux vaut que je parte, dit Tanguy

La Ritournelle

en se levant. En plus, tu connais ma passion pour les réunions de famille. Si c'est pour ressasser les mêmes reproches, je me passerais volontiers de cette joyeuse ritournelle !

– Non, tu restes, c'est ton Noël aussi, insista Anne, en lui posant la main sur l'avant-bras.

– Je vais prendre l'air un instant.

Il se dirigea vers la salle de bains.

Pour se calmer intérieurement, Tanguy partageait avec sa sœur la passion des bruits blancs. Plus que le son de l'aspirateur, qui avait couvert les disputes de leurs parents toute leur enfance, lui préférait rester de très longues minutes à se laver les mains : le bruit de l'eau qui coule l'apaisait profondément.

À table, les convives ne savaient comment poursuivre la conversation. Seule Nadine ne semblait pas avoir ce problème.

– On reprend juste où on en était l'année dernière, clarifia-t-elle dans son bon droit. Il s'agirait de grandir, de *faire* quelque chose de sa vie… Je ne vous ai pas élevés à ne rien faire !

Anne s'agaça.

– J'aimerais qu'on arrête avec cette dictature du « faire » ! « Qu'est-ce que tu as *fait* aujourd'hui ? Qu'est-ce que tu as *produit* ? » J'aime passer une heure à rêvasser, à promener mon regard sur un beau paysage,

La Ritournelle

sur un beau bouquet, sur une fleur rare. Ça n'est pas du temps perdu. Et si ça se trouve, Guigui, il fait quelque chose, mais on ne sait juste pas quoi...
– Tu es tellement naïve, Anne...
– Nadine, tu devrais faire profil bas parfois, conseilla sa sœur. Vraiment... Il faut savoir s'arrêter. Savoir quand on dépasse les bornes.
– Qu'est-ce que vous avez tous à être contre moi ? Je suis le ciment entre vous ! Sans moi, ça irait à vau-l'eau. Je suis la Super Glue de cette famille.
– Qui colle aux basques, aux pattes et pas que... marmonna Antoine.
– Si je n'étais pas là, vous ne fêteriez plus Noël, vous ne vous appelleriez plus, vous ne vous verriez plus... Vous devriez tous me dire merci.
– Et elle y croit en plus ? marmonna Patrick à Antoine.
– Vous, on ne vous a pas sonné ! Occupez-vous de vos oignons ! Vous n'êtes même pas de la famille.
– Heureusement ! Une comme celle-ci, non merci...
– On ne choisit pas sa famille... dit « Plus Un ».
– Vous, si vous n'avez rien de mieux à dire, vous pouvez vous abstenir, le toisa Patrick.
– On ne choisit pas son beau-père non plus, renvoya Nadine, appuyant tellement fort sur le mot « père » que Tom et Léo arrivèrent aussitôt.
– Le Père... Noël ?

La Ritournelle

– Où ça ? Où ça ? Il est arrivé ?
– Noooon ! répondirent les adultes en chœur.

Anne sentait que la tension débordait. Elle se sentait désemparée pour adoucir les échanges. Elle commença à aspirer nerveusement les paillettes et autres confettis dispersés sur la table. Elle avala tout ce qu'elle put, puis reposa son aspirateur à côté d'elle, comme un cowboy poserait son colt sur le comptoir. À la prochaine attaque, elle était prête à dégainer.

– Bref, moi, ce que j'en dis, c'est que Tanguy pourrait au moins prendre un chat... ajouta Nadine, qui ne savait définitivement pas où s'arrêter.

Anne aspira une poussière sur la veste de sa mère, qui la regarda avec deux grands yeux ahuris. Tanguy revint à ce moment-là.

– Maman, si un jour je pars, il est possible que tu ne me revoies pas.

Un grand silence se fit. Tanguy parlait peu, mais il parlait bien. Quelques notes de piano résonnèrent, la musique classique qu'Antoine avait choisie pour accompagner le dîner détonnait avec l'ambiance.

– Quiii reveut de la poularde !!??? demanda Anne pour détourner l'attention.

– Je croyais que c'était du chapon ? fit remarquer Patrick.

Mémé fit une moue sceptique.

La Ritournelle

– C'est du Chopin ? Ah bon... J'aurais dit du Beethoven.

– Merde ! Je vous dis merde ! lâcha Anne, en reposant le plat sur la table.

– Ça, j'ai bien entendu ! dit Mémé.

31

23 h 02

Anne avait de nouveau mal au crâne. Dans ses tempes, une pulsation rendait chaque minute plus pénible. Il fallait accélérer la cadence.
— Quelqu'un veut du fromage ? s'empressa-t-elle de demander.
Personne ne répondit. Peut-être que son énervement les avait refroidis.
— Bon. Et de la salade ? poursuivit-elle. Patrick ?
Son beau-père avait le regard dans le vide.
À table, pour contenir les émotions qui l'effleuraient et remontaient à la surface, Patrick faisait de l'apnée. Il s'entraînait mentalement pour ses séances de plongée en harpon, où il aimait surtout tirer des poissons à la chair blanche, qu'il dégustait ensuite en carpaccio, avec un filet d'huile d'olive et quelques baies rouges.
— Patrick ?

La Ritournelle

– Tu disais ? réagit-il enfin. De la salade ? Surtout pas… Je suis un carnivore, moi. D'ailleurs, j'étais en train de penser avec délices à la prochaine fois où je tirerai une vieille avec mon fils…

Tante Caroline et Lucie étranglèrent un cri. Mémé en perdit son Sonotone. D'effroi, Nadine lâcha son verre.

– Mais… Patrick… comment osez-vous…

Antoine posa la main sur l'avant-bras de son père.

– Je précise, pour qu'il n'y ait pas le moindre malentendu, « les vieilles » dont parle mon père sont des poissons. La tournure était peut-être mal choisie.

Anne repoussa sa chaise, essayant d'enchaîner au plus vite sur autre chose.

– Très bien, pas de fromage, pas de salade, passons directement au dessert, dit-elle en repartant en cuisine chercher la suite.

Elle fut arrêtée dans son élan par une voix qui s'éveilla dans l'assemblée.

– Par contre, si tu fais du fromage AVEC un peu de salade, là je ne dis pas non ! s'enthousiasma Caroline.

Anne leva les yeux au ciel. Chaque année, c'était la même chose. Personne ne voulait ni fromage, ni salade, mais, si on proposait les deux ensemble, il y avait toujours consensus.

– Et avec un peu de vin rouge, ajouta Lucie.

La Ritournelle

– Tu sais qu'en fait le fromage et le vin rouge ne font pas bon ménage. C'est mon caviste qui m'a appris ça, dit Caroline à sa nièce. Jamais de rouge sur le fromage. Ou alors, avec très peu de tanins.
– Ou sinon, avec très peu de fromage, n'est-ce pas Caroline ? se gaussa Patrick.

Anne revint avec le plateau dans une main et la salade au vinaigre balsamique dans l'autre.

– Il y a du comté, du beaufort, de la brebis, du chèvre... Je vous laisse le plateau au milieu. La salade aussi. Chacun se sert.

Elle souffla. Ce qu'elle aimait avec ce moment du repas, c'est qu'il ne pouvait plus y avoir de critiques. Elle ne les avait pas faits, les fromages, tout commentaire lui passerait donc au-dessus.

– C'est du gouda ? demanda Lucie, en se coupant un bout.
– Oui, au cumin.
– Ah... répondit Lucie en reposant le morceau. J'aime pas le cumin, j'aime pas le cumin...

Anne repoussa son assiette. Elle n'avait déjà pas très faim, mais là...

– Laissez Anne un peu tranquille, dit Caroline. Chaque année, vous êtes sur son dos, alors qu'elle s'évertue à rendre notre réveillon parfait. Vous rabâchez les mêmes rengaines stériles et gonflez tout le monde.

La Ritournelle

— Hein ? Qui est stérile ? demanda Mémé, les sourcils froncés, ne discernant plus rien dans ce brouhaha. Elle peinait à suivre. Autour de la table, les convives parlaient désormais tous en même temps, enveloppant la matriarche d'un brouillard auditif, qui la fatiguait. Elle était obligée de lire sur les lèvres ou de tourner la tête de gauche à droite, pour essayer d'identifier qui disait quoi.

— C'est toi, Lucie ? continua la grand-mère, en haussant la voix.

— Non, moi tout va bien de ce côté-là. Et de toute façon, je ne veux pas d'enfants. C'est un choix, ajouta Lucie.

— Un choix d'égoïste, commenta Patrick.

— Ah, mais je suis sûre que vous y connaissez un rayon en matière d'égoïsme ! Figurez-vous que c'est un choix responsable. Vu l'état de la planète, je fais ma part en ne contribuant pas à la surpopulation.

Anne rapetissait dans sa chaise. À croire que sa sœur le faisait exprès. La traiter d'égoïste avec ses deux enfants et son envie d'un troisième.

Patrick poursuivit. Il fixa Lucie, lissant sa moustache du bout des doigts, comme pour affiner le fond de sa pensée.

— C'est un contresens pour une femme. Vous êtes faites pour porter et donner la vie. Nous, on ne peut pas le faire à votre place. C'est biologique, c'est comme

La Ritournelle

ça que fonctionne la nature, c'est la répartition des rôles dans le règne animal. Un point, c'est tout.
– Il y a des couples d'hommes qui s'en sortent très bien. Un bébé, ça doit rester une envie. On a gagné la pilule pour ça. Pour pouvoir choisir le sens que l'on veut donner à son existence. On va essayer de réparer les dégâts qu'en une génération, vous, les « babyboomers », avez causés. Vous avez tout bousillé ! Et vous vous en foutez : il ne vous reste que quinze ans à vivre !
– Qui reveut du fromaaaaaaage ???!!! demanda Anne.

32

23 h 19

La guirlande clignotait désormais à une vitesse folle. Le sapin devenait un stroboscope énervé. Anne fonça en cuisine et revint aussitôt.
– La bûche... dit-elle en la lâchant au centre de la table.
Accélérer le rythme, pour achever ce réveillon.
– LES bûches ! ajouta Antoine un peu fort pour réveiller son père. Il y en a deux, cette année : la « Fruits de la Passion Coco » pour les raisonnables et la « Trois chocolats caramel » pour ceux qui n'ont pas fait assez d'excès ce soir. Chérie, tu vas nous chercher la deuxième ?

Anne lui lança un regard sans appel. Il fila vers la cuisine, penaud, et revint avec le second dessert glacé.

Anne tenta d'insérer la lame du couteau dans le coulis orangé, mais une scie n'aurait pas mieux fonctionné.

La Ritournelle

Congelée. Une vraie bûche de bois, impossible à couper sans un outil adapté.
– Mais comment t'as fait ton compte ? demanda Nadine à sa fille. Tu as oublié de la sortir du congélo ? J'en étais sûre !
– Maman, je les ai sorties à l'heure indiquée sur la boîte.
– Sur la boîte ? L'année dernière, tu l'avais faite toi-même...
– Effectivement, mais comme je n'avais eu droit qu'à des commentaires désobligeants, j'ai décidé cette année que Mme Picard se chargerait de prendre toutes les plaintes et les réclamations.

Anne repartit en cuisine, mit la main dans le bac à poubelle et revint au salon avec les emballages.
– Voici le numéro du Service Consommateurs : 09 70 82... J'ai assez donné, moi, ce soir.

Antoine se leva, prit le couteau et s'évertua à couper la bûche. Il sua à grosses gouttes, s'épongeant le front avec l'avant-bras, sous le regard affûté des convives.
– Antoine, laisse-moi faire, dit Caroline, tu t'y prends comme un manche avec ce couteau.

Il se rassit.
– C'est un concours de femmes dominantes, cette soirée ! Y en a pas une pour laisser mon fils tranquille. Je pensais que vous étiez la seule castratrice à jouer les

La Ritournelle

victimes autour de cette table, Nadine, je reconnais que je me suis trompé.

Nadine serra les mâchoires et ne dit plus rien quelques secondes. Elle se retenait. Les rares fois où l'on osait la contredire, pour garder sa contenance et éviter de réagir à chaud, elle se lançait avec application dans des séries de contractions pelviennes, trois précisément, une série par enfant délivré par voie basse. D'abord, « l'Ascenseur », puis « la Hotte », c'est-à-dire l'aspiration intérieure par le haut – aussi appelée « la Paille » –, et enfin, elle finissait par « le Tensiomètre », comprenez le resserrement dynamique, telle la pompe activée par le médecin pour prendre la tension. Trois séries de dix contractions et elle retrouvait ses moyens. Et sa repartie.

– On joue les victimes ? reprit-elle, en foudroyant Patrick du regard.

Celui-ci ferma ses narines, ses yeux, et s'immergea alors sous l'eau avec les rascasses, murènes, merlans pas frits, que lui inspiraient les bêtes à la surface.

– Nous, on n'est pas des victimes. À la limite, d'avoir été obligés de vous supporter ce soir. Merci Antoine d'ailleurs !

Patrick rouvrit les yeux et expira longuement.

– C'est incroyable ! Regardez-vous ! Il suffit de mettre cinq bonnes femmes ensemble, de leur laisser la parole, et aussitôt on se croirait dans un poulailler.

La Ritournelle

Caroline remplit son verre, avant de se tourner de tout son poids vers Patrick.
– Parce qu'on doit attendre qu'on nous « laisse la parole » ? Ça vous gêne une femme qui l'ouvre ?
– Tout de suite, ça monte sur ses grands chevaux ! dit Patrick, en détournant le regard.
Antoine souffla.
– Papa, on se calme. Tout va bien, personne n'agresse personne.
Mémé, qui était restée en dehors de la discussion, posa une question qui la titillait.
– J'ai l'impression que nous vous mettons mal à l'aise, Patrick. On est trop nombreuses pour vous ?
– Je ne sais pas, répondit-il. Je me dis simplement, vu certains caractères, c'est pas étonnant que vous soyez seules...
Caroline finit son verre de vin d'un trait, inspira profondément et reprit.
– Et que dites-vous d'une femme qui aime le vin, que c'est une alcoolique ? Une femme qui préfère avoir les cheveux courts, qu'elle manque de féminité ? Une femme qui ne se maquille pas, qu'elle est négligée ? Une femme qui dit des gros mots, qu'elle est vulgaire ? Eh bien, figurez-vous, cher Patrick, que je suis une vieille fille, vulgaire, chieuse et alcoolique. Et je vous emmerde !
Nadine applaudit. Patrick tressauta.

La Ritournelle

— Ça y est, c'est bon ? Elle a terminé la fémino-écolo-gauchiste ? Je comprends mieux pourquoi on ne donne pas la parole aux femmes : quand on entend le nombre de conneries qui sortent de leur bouche...

— Papa, ça suffit ! On veut tous terminer la soirée ensemble, alors on la boucle ! dit Antoine.

Nadine et Patrick se toisaient : c'était à qui baisserait le regard en premier. Il se tourna finalement vers Caroline :

— Vous devriez avoir honte de devenir aussi sèche et aigrie que votre sœur ! grommela Patrick en désignant Nadine d'un signe de tête.

Cette dernière bondit, outrée. On ne s'attaquait pas à elle sans impunité.

— Vous dépassez les bornes, Patrick ! Je vous interdis de parler de moi comme ça, ni d'aucun membre de ma famille. Trouvez-vous-en une ! Ah non, c'est vrai, il ne vous reste plus personne. Pas étonnant que votre femme ait préféré lâcher la rampe plutôt que de rester avec un vieux con comme vous.

Patrick s'essuya méticuleusement la bouche avec sa serviette en papier sur laquelle on pouvait encore lire « Joyeux Noël ! ». Il se leva lentement et, dans un même mouvement, il prit son honneur, son manteau, la porte et partit sans un mot.

Nadine avait touché aux seuls points sensibles de Patrick. Sa femme et son chagrin.

33

23 h 32

Le sapin penchait tellement qu'il était désormais appuyé contre le buffet. Au moins, il ne risquait pas de tomber plus bas.

Antoine vidait les verres, les uns après les autres, hésitant à suivre son père ou à rester avec sa femme et ses enfants pour finir Noël.

– Pour une fois qu'il réveillonnait avec nous, vous lui tombez toutes dessus. Merci ! Un petit effort, une fois par an, c'était trop vous demander ?

Caroline tiqua.

– Il n'a pas été tendre non plus. Je veux bien être gentille, mais il y a des limites.

Nadine souriait, de son air entendu.

– Moi je vous avais prévenus. S'il l'ouvrait, je lui faisais regretter de s'être invité à mon réveillon. Cet abruti, avec ses mauvaises manières, il est d'un sans-gêne.

La Ritournelle

Un peu plus, et il allait vous pourrir la soirée. Il y a des personnes comme ça, toxiques, qui...
 Antoine se leva d'un bond et fonça dans la pièce d'à côté. De là, on l'entendit hurler :
 – Nadine, cuisine !!
 Elle ne bougea pas du salon. Désarçonnée par l'attitude de son gendre, des tics nerveux s'étaient emparés d'elle, elle ne contrôlait plus son corps, mû par des mimiques d'indignation saccadées. Autour de la table, tous retenaient leur souffle. Ils savaient que le dîner venait de prendre une tournure irrévocable.
 Puisqu'elle ne venait pas à lui, Antoine revint sur ses pas. À la détestation de sa belle-mère s'ajoutaient le manque de respect envers son père et une injure à la mémoire de sa mère. Il explosa.
 – Vous nous faites chier, Nadine ! Vous vous êtes vue ? Vous critiquez tout le monde ! Vous insultez mon père, ma mère ! Vous pourriez faire un effort, c'est Noël, merde ! Mais non, vous vous pointez une heure trop tôt, avec votre aigreur et vos mains dans les poches, à étaler votre mauvais goût dans toutes les pièces de la maison ! Depuis des années, vous nous pourrissez la vie. Vous vous acharnez sur Anne à la moindre occasion et ça vous rend heureuse. Vous êtes méchante, Nadine ! Méchante ! Voilà ce que je fais de votre esprit de Noël à la con !

La Ritournelle

Fou de rage, il arracha le sapin de son trépied, faisant balbutier la guirlande et voler une centaine d'aiguilles, il ouvrit grande la porte-fenêtre du balcon et...
— Attends, mais qu'est-ce que tu fais ?!
— Qu'est-ce qui lui prend ?
— Laisse ce sapin tranquille, il ne t'a rien fait !!
— Il n'est même pas minuit. On n'a pas fait les cadeaux...

Antoine le lâcha du cinquième étage, sous les yeux ahuris de toute la famille.
— Voilà ! Comme ça, on ne me reprochera pas de le jeter trop tard !

34

23 h 39

Antoine fulminait. Les cigarettes occasionnelles qu'il s'interdisait depuis des mois venaient de lui revenir en boomerang.

– Et maintenant, de quoi pourrait-on se débarrasser qui ferait du bien à tout le monde ?

La tension était à son comble. Lucie n'avalait plus sa salive de flexitarienne, « Plus Un » en oubliait de cligner des yeux, Caroline n'essaya pas d'intervenir, tant la scène lui paraissait incroyable, Tanguy, hébété, en avait lâché ses crayons. Quant à Mémé, elle avait discrètement augmenté le réglage de son Sonotone, afin de ne pas en perdre une miette.

– Puisque c'est moi qui m'occupe des ordures, je propose de jeter la plus grosse, reprit Antoine d'une voix éraillée. Elle est où la mère Noël ?... Nadine ?!!

Assise à table, Nadine se tenait droite. Impériale.

La Ritournelle

— Allez ouste ! Terminus les emmerdeuses !
— Quelle familiarité ! lâcha-t-elle, stupéfaite.
— Vous comprenez pourquoi je ne veux pas vous tutoyer ? Je préfère vous dire *merde* avec élégance !
— Si tu crois qu'on me parle sur ce ton ! Tu es prié de me respecter, Antoine. Je suis la mère de ta femme, et ce n'est pas avec de telles manières qu'elle va le rester !
— Méfiez-vous, Nadine. Un jour, elle va choisir entre vous et nous, et vous allez perdre à ce jeu-là.
— Que tu crois...
— Nadine, dehors ! Vous reviendrez quand vous serez invitée.

Nadine ne quitta pas sa chaise. Elle but son verre de vin lentement, sans un regard pour son gendre.

— Ce n'est pas parce que tu deviens stérile, Antoine, que tu dois passer tes nerfs sur tout le monde...

Anne se leva si vite qu'elle renversa sa chaise dans son élan.

— Maman, ça suffit. Tu t'en vas.

Tout le monde retint son souffle. On entendait siffler le Sonotone de Mémé, réglé en position maximale.

— Maman, DE-HORS ! reprit Anne, soudain gonflée d'assurance. TOUT DE SUITE !

Nadine se leva, rassembla ses affaires. Arrivée sur le palier, elle fit demi-tour :

La Ritournelle

– Anne, je te préviens. Si tu choisis de prendre le parti de ton mari...

– De mon mari et de mes enfants, moi, toujours ! dit Anne avant de lui claquer la porte au nez.

35

23 h 44

Anne tremblait d'avoir mis sa mère dehors. Oscillant entre la nécessité de le faire, la colère d'avoir été poussée à bout, et les répercussions pour l'avenir.

Alertés par le claquement de la porte qui avait fait trembler les murs, Tom et Léo accoururent.

– On a entendu du bruit. Ça y est : le Père Noël est passé ? demanda Léo.

– Il est où le sapin ? dit Tom, parcourant le salon des yeux.

– Il n'y a plus de sapin, il n'y a plus de cadeaux, il n'y a plus de Noël ! dit Antoine.

La fenêtre, restée ouverte, laissa passer un vent glacial. Antoine la referma avec force et poursuivit :

– Il n'y a jamais eu de magie de Noël. Jamais eu, non plus, de père No...

La Ritournelle

Enfants comme adultes se raidirent. Les yeux de Léo s'embuèrent.

– C'est vrai ? demanda Tom, sous l'œil suppliant de son petit frère.

Tanguy se leva.

– Je préfère y aller, Anne. C'est un peu trop d'émotions pour moi. Merci pour tout ! dit-il en ramassant ses affaires et en refermant la porte derrière lui.

Sous le coup de la sidération, personne ne pensa à le retenir. Les enfants se réfugièrent dans les bras de leur mère. Antoine, face à la déception de ses fils, tenta de se rattraper.

– Je suis désolé, mes chéris, j'étais en colère et j'ai dit n'importe quoi. Bien sûr qu'il existe le Père Noël !

– Alors, pourquoi on ne l'a jamais vu ? demandèrent-ils en sanglotant, laissant leur mère sans voix.

Démuni, Antoine attrapa les derniers sacs-poubelle qui traînaient dans la cuisine et sortit en claquant la porte. Anne saisit la bouteille de vin, remplit son verre à ras bord et le but d'un trait.

La bûche, elle, fondait lentement sur la table.

36

23 h 50

À table, plus personne n'osait parler. Même la musique s'était arrêtée.

Caroline s'abstenait de dire que Nadine « l'avait bien cherché, depuis le temps qu'on aurait dû la remettre à sa place ». Lucie regardait sa sœur différemment, avec admiration, elle ne l'avait jamais vue s'énerver à ce point. Antoine, revenu des poubelles, s'était installé à table et tenait ses fils serrés contre lui. Les garçons s'étaient endormis, comme Pompette qui ronflait toujours ; elle n'avait d'ailleurs pas bougé une oreille quand les portes avaient claqué.

Soudain, le compagnon de Lucie se leva.

– Si vous le permettez, j'ai quelque chose à dire.

Tous les regards se tournèrent vers lui.

– Je ne suis pas sûr de savoir pourquoi je suis là, mais j'étais heureux, ce soir, d'avoir une famille avec

La Ritournelle

qui passer le réveillon. La vôtre n'est pas parfaite, mais je donnerais cher pour avoir encore une famille avec laquelle me disputer. Je ne cherche pas à vous attendrir, je dis juste que vous avez de la chance. Vos désaccords vous rassemblent... Et si vous n'êtes pas capables de vous en rendre compte, alors vous êtes vraiment une bande d'abrutis.

Il prit son portable, son manteau, puis se retourna une dernière fois :

– On ne choisit pas sa famille, pourtant, moi, je vous aurais choisis.

Il claqua la porte derrière lui.

– FX, attends ! cria Lucie.

Elle resta interdite.

Dans une sidération générale, Mémé s'éclaircit la voix.

– Il ne parle pas souvent, mais il parle bien. Ce soir, on a viré Nadine, blessé Patrick et on est passés à côté de... FX. Une famille, ça se pardonne, avant que ce ne soit trop tard. On pourrait quand même pouvoir se dire les choses, sans se brouiller à vie. À commencer par se dire qu'on s'aime et se rappeler pourquoi. Être reconnaissant de ce qu'on a.

Elle prit son verre.

– Moi, je suis reconnaissante que la vie m'ait donné cette famille. Alors, oui, elle n'est pas parfaite, mais c'est la seule que l'on a, et il faut en prendre soin. Elle

La Ritournelle

est surtout ce qu'on en fait. Ce que la vie nous a mis comme embûches sur le chemin, et comment on y fait face. Je suis heureuse d'avoir deux filles aux personnalités si différentes et hautes en couleur, indépendantes, fortes ; je suis fière d'être votre mère, même si ça n'est pas facile tous les jours. Je suis honorée d'avoir trois petits-enfants brillants, généreux, avec des passions et des convictions qu'ils suivent jusqu'au bout. Ce n'est pas donné à tout le monde de consacrer sa vie aux autres, de faire du bien autour de soi, de distribuer du bonheur et d'essayer de construire un monde meilleur. Et merci à Anne et à Antoine pour Tom et Léo, deux rayons de soleil dans mon dernier voyage, qui me font parfois penser que je suis un vrai dinosaure et d'autres fois que je suis, encore et toujours, une enfant. Alors, je lève mon verre à ma grande et belle famille. Je n'en aurais pas voulu une autre.

Chacun l'imita, la gorge nouée, et pour la première fois de la soirée, ils trinquèrent ensemble.

37

23 h 58

Quelques sourires, coupes de champagne et émotions partagés plus tard, le retour aux choses sérieuses était de mise. Tom et Léo avaient les yeux rivés sur l'horloge digitale.

23 h 59

Ils faisaient le décompte des soixante dernières secondes, quand... toutes les lumières s'éteignirent d'un coup. Prenant même les adultes au dépourvu.

Black-out total.

Minuit ne s'afficha jamais.

38

00 h 02

Les plombs avaient sauté. Dans l'appartement, c'était le noir complet. Les convives allumèrent d'abord leurs portables, puis Anne alla chercher des bougies et des chauffe-plats dans le placard aux horreurs.

Antoine jeta un œil sur le palier.

– Plus de lumière, ni d'ascenseur. C'est tout l'immeuble qui est privé d'électricité ! J'ai appuyé sur le bouton d'appel d'urgence : on verra si quelqu'un se déplace un 24 décembre.

À tâtons, il se fraya un chemin retour jusqu'à la table, enjambant le bouledogue sans rien y voir, en se repérant à son odeur.

– Mais qu'est-ce que c'est que cette mauvaise blague ? s'inquiéta Antoine, persuadé que sa belle-mère y était pour quelque chose.

La Ritournelle

Un bruit sourd retentit et aussitôt, tous tressaillirent. La porte. Tout le monde avait sursauté, mais personne n'avait envie d'y aller. Surtout dans le noir. Était-ce Patrick qui revenait se plaindre ? Ou bien Nadine qui réclamait ses cadeaux ?
Les enfants se redressèrent sur le canapé.
– Mais qui c'est encore ? s'agaça Antoine.
Anne recompta mentalement tous les invités. Après les départs de Patrick, de Nadine et de Tanguy, personne ne manquait à l'appel.

Quand elle ouvrit la porte, la lumière se ralluma soudain, comme par enchantement, révélant un homme, un peu voûté, sur le paillasson. Un vieux monsieur enrobé, barbe blanche et bonnet rouge, hotte sur le dos et poignée de lettres à la main. Tom et Léo n'étaient plus endormis du tout et bondirent pour enlacer le ventre rebondi.

– Rhooo, c'est le Père Noël, Maman !! Regarde, Papa !! Quand je vous disais qu'il existait pour de vrai ! dit Léo.

– Tu viens pour nous donner des cadeaux ? demanda Tom, redoutant tout à coup de ne pas avoir été suffisamment sage pour en recevoir.

– Exactement… dit le bonhomme en rouge et blanc. J'étais en train de repartir quand je me suis rendu compte qu'il me restait deux petits paquets au fond

La Ritournelle

de ma hotte. Est-ce que vous connaîtriez un « Tom » et un « Léo », par ici ?
Le Père Noël scrutait à la ronde, son regard passant au-dessus des deux enfants, qui sautèrent devant lui.
– Nous, nous, nous ! C'est nous, Tom et Léo !
– Et vous avez été bien sages, cette année ? demanda l'invité surprise au moment où il se penchait pour attraper les derniers cadeaux.
– Pas toujours... admit Léo.
– Mais on a essayé... dit Tom. Et essayer, c'est ce qu'il y a de plus important. Hein, c'est vrai, Maman ?
Anne hocha la tête en direction du Père Noël, qu'elle semblait reconnaître désormais. Elle lui sourit.
– Alors, tenez ! Ces petits cadeaux sont pour vous, ajouta-t-il en extirpant de sa hotte deux immenses paquets.
Les enfants restèrent d'abord immobiles, trop impressionnés par la situation. Puis, devant le sourire encourageant du vieux monsieur, ils se jetèrent au sol et déchirèrent les emballages.
– Waouh ! Mais comment tu savais que je voulais des déguisements ? C'est ce que je préfère dans la vie.
– Le Père Noël sait tout et voit tout, Tom, dit Antoine.
– Et moi, et moi, et moi ? J'ai quoi, moi ?
Léo arracha le papier et découvrit un sac gigantesque avec un petit cadenas et une clé tout aussi minuscule.

La Ritournelle

– Rhooo, un nouveau sac à mystères !!! Je vais pouvoir y mettre tous mes trésors. Et ils ne seront qu'à moi. Il y a déjà des choses dedans ? On dirait des livres ! Tu sais que moi j'adore lire ! Enfin, je ne sais pas encore lire, mais je regarde les images. Et je suis très fort pour comprendre les histoires. Hein, c'est vrai, Maman ?
Heureux, les enfants enlacèrent le gros monsieur.
– Merci, Père Noël ! dirent-ils surexcités. On est trop contents d'avoir les derniers cadeaux. Comme ça, on a pu te voir « en vrai » !
– Je garde toujours les meilleurs pour la fin… assura le Père Noël en souriant.

Il était content d'avoir un peu réparé le drame de la soirée et d'avoir préservé pour une année encore la magie de Noël. Il se souvenait du traumatisme qui avait été le sien quand, bien avant l'âge, on lui avait annoncé qu'il fallait arrêter de rêver, que le Père Noël n'existait pas et qu'il était temps de grandir. Cet éternel enfant avait juste fait ce qu'il aurait aimé qu'on fasse pour lui.

Les deux garçons ne prêtaient plus attention à rien ni à personne, obnubilés par leurs cadeaux. Le Père Noël s'éclaircit la gorge et s'adressa aux adultes regroupés autour de lui :
– Sur ce, Joyeux Noël à tous ! Il est temps pour moi de partir. À l'année prochaine.

Il referma la porte derrière lui et Tanguy disparut pour toujours.

39

00 h 14

Léo commença à sortir, un à un, les livres de son sac à mystères. Anne connaissait très bien les personnages en couverture. Ils rivalisaient dans la cour de l'école avec les Pokémon. C'était la série pour enfants qui cartonnait, avec ses personnages mi-animaux mi-humains qu'on retrouvait d'un livre à l'autre, et sur des cartes à échanger.

– Fais voir, mon chéri, dit Anne, en attrapant ce qui ressemblait à un manga.

– Maman, rends-moi mon livre. Celui-là, il est nouveau. Regarde, il y a même les cartes qui vont avec. Je suis trop content ! Personne ne va les avoir à l'école !

– Attends, mon cœur, prête-le-moi une minute...

Anne l'ouvrit et, sur la première page, elle découvrit un mot, une dédicace plus précisément, dont l'écriture lui parut familière. Elle observa plus attentivement la

La Ritournelle

couverture du livre, le trait, si particulier, des dessins, la poésie qui s'en dégageait et elle lut « Giyomu ». Le nom de l'auteur. Elle attrapa son téléphone, tapa le prénom et la traduction française apparut. « Guillaume ».
– Je rêve !
– Que se passe-t-il ma chérie ? se précipita Antoine.
– Tout va bien ? s'inquiéta Caroline.
– Je n'en reviens pas. Regardez, là, sur le rabat intérieur !
Elle montra le portrait de l'auteur, dessiné façon manga. On reconnaissait la mèche rebelle blanche de Guillaume. Il n'y avait plus aucun doute.
– Bah, ça alors, dit Mémé. On dirait Tanguy. Vous saviez vous ?
Tout le monde déclina de la tête.
– Pourquoi il ne nous a rien dit ?
– Mais depuis quand il écrit, Tanguy ?
Lucie pianota sur son portable.
– Attendez, il a déjà publié huit livres ! Ils disent que c'est « LE Français chouchou » au Japon. J'hallucine. Mon frère, une star ? Vous saviez ?
– Ils sont hyper connus ces personnages ! dit Anne. Je ne savais même pas que c'était un Français qui avait créé ça. C'est dingue !
– Mais pourquoi il ne nous l'a pas dit ? insista Mémé.
– On aurait été content pour lui... dit Lucie.

La Ritournelle

– Peut-être qu'il a essayé et que nous ne l'avons pas écouté... lâcha Anne.
– Anne, toi qui es la plus proche, tu savais ? demanda Caroline.
– Mais pas du tout ! Non... il ne l'a dit à personne.
Tom avait revêtu le costume de postier qu'il venait de recevoir. Il avait mis sa casquette avec le logo de La Poste, le gilet, et surtout la besace en bandoulière, qui était remplie de lettres. Le garçon frappa à la porte, depuis l'intérieur, et annonça :
– Distribution du courrier. Alors, j'en ai pour toute la famille. Mémé, en premier, continua le postier en chef. Tu dois signer le reçu si tu veux ta lettre.
Très concentré, Tom tendit le crayon, réajusta sa casquette, sifflotant, puis d'un geste assuré, il contresigna son bloc-notes. Il continua ainsi sa distribution.
– Mamie Nadine ? Ah non, elle n'est plus là. Dis donc, c'est lourd pour elle ! Celui qui lui a écrit, il en avait des trucs à dire ! Tata Cartouche ?
– Oui, mon chéri, je signe où ?
– Attends, pour toi une signature ne suffit pas. C'est un recommandé. Tu me dois une pièce !
Caroline fit un clin d'œil et lui tendit une pièce en chocolat.
La tournée continua, Tom, de plus en plus fier, distribuait les lettres que Guillaume avait pris soin d'adres-

La Ritournelle

ser à chacun. Ils tombaient tous des nues, pris entre la joie et l'incompréhension.
Tom finit sa tournée en donnant une enveloppe à sa mère.
– Maman, celle-ci, elle est pour toi !
Anne débuta sa lecture. Elle porta sa main à la bouche et, d'émotion, dut s'asseoir pour poursuivre.

« Ma sœur adorée,
Je t'avais dit que le jour où je partirais, ce serait pour de bon... Il m'en aura fallu du temps pour trouver ma place, mais j'ai fini par y parvenir. Sache que je suis heureux. Et je sais que tu l'es pour moi.
Ton frère, qui t'aime. »

Au fond de l'enveloppe se trouvaient quatre billets d'avion et une adresse. Au Japon.
Tanguy était parti. Guillaume prenait son envol.

40

00 h 53

Dans le salon, l'ambiance s'était apaisée. Tous étaient encore un peu sonnés par tant de rebondissements, mais les tensions avaient cédé la place aux sourires. Les enfants jouaient avec les cadeaux du Père Noël. Pompette s'amusait en passant de l'un à l'autre.

– Ah, au fait, j'ai apporté ce que tu m'as demandé, Anne, dit Mémé en sortant de son cabas un vieil album de photos épais, de ceux qui ont les pages protégées par un film collant, jauni par le temps. C'est mon dernier. Le seul qui reste.

Se serrant les uns contre les autres, ils s'installèrent dans le canapé pour le parcourir ensemble.

Le bonheur d'une famille se mesure à ses photos. Sans les clichés pris pendant les fêtes de famille, on ne pourrait jamais prouver qu'on a été heureux.

Anne s'arrêta sur un portrait.

La Ritournelle

– C'était le jour de ton mariage ? Tu étais belle, Mémé !
– On ne peut pas *être* et *avoir été*... concéda l'arrière-grand-mère.
– Et là, c'était toi avec Nadine et Caroline petites ? Vous êtes trop mignonnes ! On vous aurait donné le bon Dieu sans confession.
– Comme quoi, il faut se méfier, ironisa Caroline.
– Et pourquoi tu as pris celui-là pour ce soir, en particulier ? demanda Lucie.
– C'est celui des grandes fêtes de famille. Des mariages, des naissances et des Noëls.
– Quand on est tous ensemble, dit Anne.
– Et heureux, poursuivit Caroline.
– C'est un bon choix... approuva Anne. Il renferme tant de souvenirs. L'histoire de notre famille.
– Et dites-moi, mes chéris, vous viendrez à ma petite fête, pour mes 90 ans ? Vous savez, je ne suis pas éternelle !
– Bien sûr, Mémé, qu'on viendra. Avec plaisir même...
– Non, parce que moi on ne sait pas combien de temps il me reste. Et d'ailleurs, je lui ai dit à mon toubib : « Faut surtout pas s'acharner ! J'ai déjà bien vécu, vous savez. » J'ai 89 ans et je n'en demandais pas tant. C'était même inespéré, vu que ma mère est morte à 56 ans, et qu'aucune femme de ma famille n'a dépassé

La Ritournelle

les 70 ans avant moi. J'ai fait mon temps, il faut faire de la place. À d'autres enfants...

Les gorges se serrèrent, puis, le cœur gros, elles déglutirent bruyamment. Personne ne sut quoi dire. Surtout pas l'essentiel.

Une ritournelle familiale.

41

01 h 47

Comme toutes les fêtes finalement réussies, on avait du mal à se quitter. La conversation continuait sur le palier et on refaisait la soirée.

– En tout cas, ma chérie, c'était une très belle fête. Hein, vous autres, que le Noël d'Anne était très sympa !?? On s'est bien amusés en fin de compte ! Il faut que l'on refasse ça très vite !

Tous baissèrent la tête. Ils n'étaient pas emballés à l'idée de revivre ce genre de dîner de sitôt. Même si la fin avait été mieux que le début.

– Mémé, Noël, c'est une fois par an.

– Et c'est déjà beaucoup ! dit Antoine.

– Vous nous avez gâtés, merci beaucoup, s'autorisa Lucie.

– Tiens ! « Merci » fait partie de ton vocabulaire, dingue tout ce que tu sais faire !

La Ritournelle

– Reconnais que je suis ta belle-sœur préférée.
– Sur ce point-là, y a pas de doutes, conclut Antoine avec tendresse. Et pas seulement parce que tu es la seule !
Anne et Antoine avaient touché juste. On le mesurait aux sourires qui ne s'effaçaient pas des visages de leurs proches, et à la manière dont chacun restait accroché à son présent. Mémé à sa loupe, Caroline à son soin, Lucie à son sac.
Contre toute attente, cette année, Anne et Antoine furent agréablement surpris par ce que le Père Noël avait prévu à leur intention. Quatre places pour une comédie musicale familiale. Les petits seraient ravis de chanter « C'est l'histoire de la vie » jusqu'au réveillon suivant.
L'heure des au revoir sonnait enfin. Mémé, Lucie et Caroline s'engagèrent dans l'escalier, l'ascenseur ne répondant plus à l'appel.
Dix minutes plus tard, on sonna à nouveau. Derrière la porte, Anne et Antoine sursautèrent. Dernière arrivée, dernière à partir, le retour intempestif de Caroline.
– J'ai oublié de finir mon verre ! dit-elle en entrant. Non, je plaisante... J'ai oublié mon sac à main ! Et Pompette...
Pompette, allongée sur le dos, le ventre plein, s'était enroulée dans le tapis du salon, le plus doux, celui à poils longs en laine ; elle ronflait gaiement.
Caroline repartit en embrassant à nouveau ses hôtes, sa chienne sous le bras, son sac à main dans l'autre,

La Ritournelle

et rattrapa le convoi qui était de plus en plus bruyant dans la cage d'escalier.
– Ne me pousse pas, Lucie !
– Je ne te pousse pas, Mémé. D'ailleurs, on a prévu quoi pour l'héritage ?
– Je pose une option sur les vinyles, fit savoir Caroline en manquant de s'étaler par terre.
– Moi, sur le vaisselier, dit Lucie.
– Qu'est-ce que vous dites ? demanda l'arrière-grand-mère, accrochée au bras de Lucie.
– On plaisante... On dit qu'on va tous se battre pour ton dernier album photos, Mémé...
– Ah bon, d'accord, dit l'arrière-grand-mère qui ne voyait pas bien pourquoi le sujet était revenu sur le tapis. Vous viendrez à ma petite sauterie pour mes 90 ans ?
– Bien sûr, Mémé, on fêtera ton anniversaire tous ensemble. Compte sur nous, dit Caroline.
– On ne va pas attendre un an pour se revoir quand même ! ajouta Lucie.
– Qu'est-ce que tu dis ? Attendre pour se dire « je t'aime » ? Bah non, il ne faut jamais attendre pour ces choses-là...

42

01 h 55

Une fois la dernière invitée définitivement partie, Anne et Antoine s'adossèrent contre la porte et échangèrent un regard complice.
– Tu penses à la même chose que moi ?
– Je crois...
Environ dix minutes plus tard, tout sourire :
– Mais quel pied !
Le grand placard aux horreurs était vide. Pris d'une énergie commune, ils avaient jeté tout son contenu, sans réfléchir, dans d'énormes sacs-poubelle, prêts à partir le lendemain chez Emmaüs.
– Oh, ça fait du bien !
– Oui, on se sent mieux.
– Il est hyper grand, ce placard ! Qu'est-ce qu'on pourrait en faire maintenant ?
– Une chambre d'amis ? Pour ta mère ?

La Ritournelle

– Ou pour ton père... C'est vraiment dommage qu'ils ne s'entendent pas mieux. Ils feraient Noël ensemble de leur côté, et nous du nôtre...

On tambourina. Les coups redoublèrent d'intensité :
– ... Quelqu'un doit venir à cette heure-là ?
– Bah, non...
– Ils vont réveiller les petits. On est la nuit ou le matin ?

Lorsqu'ils ouvrirent, trois pompiers pénétrèrent dans l'appartement.

– Y a-t-il eu une surchauffe ici ce soir ? commença l'un d'eux. On nous a appelés à la suite d'une coupure d'électricité dans votre immeuble.

Anne et Antoine se regardèrent et ne surent quoi répondre.

Le chaos régnait dans l'appartement.

Des aiguilles de sapin et des serviettes de table « Joyeux Noël » jonchaient le sol. La table du dîner avait été laissée en plan. Comme s'il y avait eu urgence à la quitter.

Sur la nappe, la bûche de Noël avait fondu. Elle avait dégouliné le long du pied, oubliée entre le fromage et les assiettes sales. Sur le balcon, des cadavres de bouteilles traînaient sur le béton. Le cendrier débordait de cigarettes parfois tirées jusqu'au filtre, d'autres étaient écrasées alors qu'elles semblaient à peine commencées, témoins muets de la tension de la soirée.

La Ritournelle

Passant d'une pièce à l'autre pour inspecter les installations électriques, les pompiers pouvaient refaire le fil du réveillon. Une fourchette plantée dans un bulgomme attira leur attention. Il y avait eu une bataille, mais sans boules ni neige. Cela avait clairement dégénéré à l'intérieur. Dehors, le ciel était blanc et il faisait froid, très froid. Un froid mordant. Une épaisse couche de neige blanche recouvrait le toit des voitures. Un voile avait été posé comme pour adoucir ce qui venait de se passer. Oubliés les hostilités, les tirs sans sommation, la théorie des dominos et les dommages collatéraux, où tout le monde en avait pris pour son grade.

– Mais qu'est-ce qui s'est passé ici ? demandèrent les pompiers, dont les regards se braquèrent aussitôt sur Antoine qui, couvert d'aiguilles de sapin, était le plus suspect.

– Alors, ce n'est pas du tout ce que vous croyez... dit-il.

– Et il est où votre sapin ? l'interrompit le pompier, qui suivait les aiguilles au sol, remontant les indices jusqu'au balcon.

– En bas, dit Tom, Papa l'a jeté par la fenêtre.

Les pompiers tournèrent leur regard. Antoine grimaça.

– Écoutez Messieurs, c'est une longue histoire... Une très longue histoire... incluant une belle-mère. Et je vous rassure, il n'y aura plus jamais de Noël ici... dit-il avant

La Ritournelle

de se prendre un énorme coup de coude par Anne. Plus jamais de... sapin ici ! Promis.

Un simple dîner de famille. Comme il y en a chaque année, dans chaque foyer. Qui avait juste mal tourné.

43

2 h 26

Anne et Antoine étaient éreintés. Au moment de se coucher, ils firent un rapide bilan de la soirée.
– C'était plutôt réussi, ce Noël, en fin de compte ! dit-elle.
– Quelle soirée !
– Et pour une fois, rien ne me reste sur l'estomac.
– Moi non plus. Rien sur le cœur, ni en travers de la gorge.
– Dire que demain, rebelote. Noël chez mon père ! se souvint Anne tout à coup.
Elle fut interrompue par un message sur son téléphone.
– Attends, regarde le sms qui vient d'arriver... C'est mon père.
Anne et Antoine se penchèrent au-dessus de l'écran.

La Ritournelle

– Malades de leur réveillon et demain... *Déjeuner annulé* !
– Au dernier moment ?
– Bravo, l'esprit de Noël !

Épilogue

Un an plus tard...

– Maman, pourquoi on n'a pas fait de sapin cette année ? demanda Léo.
– Tu veux la version courte ou la version longue, mon chéri ? Pour la longue, tu demandes à ton père.
– Courte.
– Parce qu'on fête Noël chez Lucie ce soir. Alors, c'est elle qui a fait le sapin.
– Et toute la bonne nourriture bien saine... ajouta Antoine. Du quinoa au tofu, on va se ré-ga-ler ! Qui reveut un gâteau, un sandwich, ou un peu de raclette avant de partir ?
– Arrête de dire des bêtises, Antoine ! Et, Tom, boutonne-toi bien jusqu'en haut, il fait un froid de canard dehors.
– Ah ça, on ne risque pas d'en manger ce soir... poursuivit Antoine.

La Ritournelle

– Et ce sera sûrement pour le mieux, c'est bien de changer les traditions de temps en temps.
– D'ailleurs, en parlant de changement, il sera là son copain ?
– Oui, oui. Elle me l'a confirmé. « Ils reçoivent », qu'elle a dit. Au pluriel...
– Ça fait déjà trois fois qu'on le voit. C'est sérieux, on dirait...
– On verra. Pas de pression. On a tout ? Oui ?

Anne claqua la porte et sortit de l'appartement, chargée comme une mule. Le rehausseur, le sac à cadeaux, la bûche maison dans son étui frigorifique, une bouteille de champagne, un bouquet de fleurs...

– Dépêchons-nous. Mémé doit être prête depuis une heure, avec son manteau sur le dos et son écharpe autour du cou.

Anne appela l'ascenseur et toute la famille retint son souffle, en attendant d'entendre le bruit métallique du monte-charge. Lorsque les portes de l'ascenseur s'ouvrirent, ce fut un soulagement. Alléluia. C'était inédit pour un soir de Noël. Anne embrassa Léo, qui la fixait d'un regard mi-amusé, mi-inquiet.

– Qu'est-ce qu'il y a ? demanda-t-elle.
– Maman... insista-t-il.
– Qu'est-ce qu'il y a ? J'ai oublié quelque chose ?
– Oui...
– Quoi ??

La Ritournelle

— Ma sœur !!!
— Oh mon Dieu !
Elle fit demi-tour et retourna chercher le petit bébé, enveloppé dans sa combinaison d'Inuit, prêt à partir dans son cosy de voiture, tout sourire.
— Tu es trop sage, toi ! la rabroua tendrement Anne, en lui faisant un baiser esquimau. Il va falloir que tu apprennes à te faire entendre dans cette famille. C'est une question de survie, ma chérie !
La voiture démarra pour de bon cette fois. Arrivée chez Mémé, Anne sortit en sautillant, le froid était mordant. Comme elle l'avait anticipé, sa grand-mère était déjà dehors à taper du pied et à faire de la fumée par la bouche, tout emmitouflée. Pas un bout de peau ne dépassait. Anne l'embrassa fort et lui donna son bras. Puis Mémé prit la place d'Antoine, Anne le volant, Antoine passa derrière avec Léo sur les genoux. Sa grand-mère s'était faite belle, les pommettes bien roses et son eau de Cologne embaumait toute la voiture.
— Ta mère sera là ? demanda Mémé.
— Sûrement. La connaissant, elle ne voudra pas manquer le premier réveillon chez sa fille préférée ! Elle s'est calmée depuis quelque temps. La retraite, peut-être...
— Et il vient, ton frère ?
— Vu que les vols en provenance du Japon sont bloqués, malheureusement, ça m'étonnerait...

La Ritournelle

– Ah ! Formidable ! Je me réjouis de le voir, s'enthousiasma Mémé.
Elle posa la main sur l'avant-bras de sa petite-fille qui conduisait.
– Et dis-moi, ma chérie, comment elle l'a connu son amoureux, Lucie ?
– Tu ne te souviens pas ? À Noël dernier...
– Ah oui... La belle tirade ! Comment il s'appelle déjà ? Elle a dû me le dire à ma fête, mais ça ne me revient pas...
– FX.
Mémé secoua la tête, atterrée.
– Idéfix !!? Mais quelle idée d'avoir le prénom d'un chien. Ça m'étonnerait qu'il fasse long feu, celui-ci...
Le téléphone d'Antoine se mit à sonner. Celui d'Anne aussi. Patrick et Nadine.
– Il est étonnant de voir comment deux personnes qui se détestent peuvent à ce point se ressembler...
– Ne réponds pas, Antoine. Ton père va vouloir s'inviter.
Nadine insista. Le téléphone ne faisait que vibrer.
Anne reçut simultanément un message de Lucie. Il se passait visiblement quelque chose. Elle arrêta la voiture et lut le message de sa sœur. Anne mit sa main sur la bouche.
– Ce n'est pas vrai ! Elle n'a pas fait ça ?

La Ritournelle

Lucie la prévenait d'un tout petit changement de plan. S'était ajouté à leur dîner, et au dernier moment, leur père, Christian.

– Je comprends mieux les vingt appels en absence de ma mère.

Anne reprit la route.

– Antoine, je pense que tu peux rappeler ton père. Foutu pour foutu…

– Oh oui ! Un homme charmant, ce Patrick ! dit Mémé.

Anne caressa tendrement la main de sa grand-mère et vit qu'Antoine lui faisait un clin d'œil dans le rétroviseur.

– Rassure-moi, chérie. Noël… c'est bien tous les ans ?

Remerciements

Cette année, pour la première fois autour de la dinde, chacun a exprimé à tour de rôle ce pour quoi il était reconnaissant dans la vie. Prise au dépourvu, j'ai été incapable de finir mon discours sans être émue. Des remerciements, je n'ai que ça.

La santé, malgré le contexte ; la chance extraordinaire de vivre de ma passion, plus qu'une passion, un rêve de petite fille ; mes enfants qui m'émerveillent chaque jour ; mon mari, qui me fait rire et ne semble pas prendre ombrage du fait que j'ai plus de défauts que de qualités ; des proches si attentionnés, notamment Chinda, Sarah, Claire, Marie et Gilles ; une famille soudée et présente ; et toutes les petites joies quotidiennes que m'offrent la nature, la culture, la musique, l'art et qui font battre mon cœur un peu plus fort.

En tout premier lieu, je tiens à remercier ma famille pour nos réveillons passés ensemble. Nous avons la chance de ne pas avoir de Nadine à notre table, ni de

La Ritournelle

Patrick. On ne se dit pas forcément ce qui est important, mais on le pense.

Je souhaite également remercier Pauline Faure, mon éditrice, ma bonne étoile. Merci à toi de partager ton enthousiasme, ton talent et tes histoires de famille avec moi. Les foies gras faits maison qui finissent sur le carrelage de la cuisine, les concombres massants et autres réjouissances familiales. Dans mes romans, il n'y a que du vrai ! Pas forcément là où on le croit.

Par ailleurs, je suis profondément reconnaissante envers Sophie de Closets et toute l'équipe Fayard ; ainsi que Béatrice Duval, et toute l'équipe du Livre de Poche : plus que des éditeurs, des graphistes, des commerciaux, j'ai trouvé en vous une famille de cœur. On ne choisit pas sa famille, mais, moi, je vous ai choisis.

Merci aux libraires, aux bibliothécaires et aux enseignants. D'année en année et avec une grande fidélité, vous lisez mes romans, les recommandez et les partagez avec enthousiasme. J'ai hâte de reprendre le chemin des salons, des librairies, des bibliothèques et des écoles pour vous retrouver.

Et enfin, merci à vous, chers lecteurs. J'ai tellement de choses à vous dire… Sans vous, je ne serais rien, ni personne. Juste quelqu'un de trop pudique, qui ne rentre dans aucune case et ne sait pas quoi faire de cette hypersensibilité embarrassante. Seule avec mes histoires qui me hantent et me font rêver à un monde

La Ritournelle

plus solidaire. Cette année, j'avais besoin de plus de lumière dans nos vies, dans mes romans aussi. J'espère que cette famille follement dysfonctionnelle a trouvé une place aux côtés de Ferdinand et de Juliette, du petit Jean et de sa Mémé Lucette, de Gustave et de son insupportable sœur Joséphine, ou encore d'Arthur et de son inoubliable petit-fils Louis.

Un lecteur m'a dit un jour : « Merci de nous donner des familles à aimer. » Cette phrase m'a marquée. Quand je me lève le matin, que je passe mes journées à me faire des nœuds au cerveau, à recommencer à zéro, à douter, c'est à ces mots que je me raccroche. Je mets tout mon temps disponible, toute mon énergie, mes nuits blanches, dans mes histoires, pour faire de chacune de nos retrouvailles une jolie ritournelle.

Aurélie

Cet ouvrage a été imprimé en France par
CPI Brodard & Taupin
Avenue Rhin et Danube
72200 La Flèche (France)

pour le compte des Éditions Fayard
en février 2022

Photocomposition Nord Compo à Villeneuve-d'Ascq

Fayard s'engage pour l'environnement en réduisant l'empreinte carbone de ses livres. Celle de cet exemplaire est de : 0,400 kg éq. CO_2
Rendez-vous sur www.fayard-durable.fr

PAPIER À BASE DE FIBRES CERTIFIÉES

N° d'édition : 45-5139-5/01 - N° d'impression : 3046522